The Summer Wind
since in 1985

夏季风

老铁 主编

2020年 第2卷

长江出版传媒
长江文艺出版社

图书在版编目（C I P）数据

夏季风.2020年.第2卷 / 老铁主编. -- 武汉：长江文艺出版社，2021.1
ISBN 978-7-5702-1483-9

Ⅰ.①夏… Ⅱ.①老… Ⅲ.①中国文学-当代文学—作品综合集 Ⅳ.①I217.1

中国版本图书馆CIP数据核字（2020）第262217号

责任编辑：谈 骁　　责任校对：毛 娟
视觉设计：新屿文化　　责任印制：邱 莉 王光兴

出版：长江出版传媒 | 长江文艺出版社
地址：武汉市雄楚大街268号　邮编：430070
发行：长江文艺出版社
http://www.cjlap.com
印刷：天津午阳印刷股份有限公司

开本：787毫米×1092毫米　1/16　印张：8
版次：2021年1月第1版　2021年1月第1次印刷
行数：3300行

定价：55.00元

001 风向

萨福：波浪的交谈……蓝　蓝

缪斯的腹语：东西方诗歌文明的观照与对译

——蓝蓝访谈……陈陈相因

021 风车

唐不遇的诗……唐不遇

灯　灯的诗……灯　灯

031 风云

武雷公的诗……武雷公

叶　琛的诗……叶　琛

辛　夷的诗……辛　夷

江　榕的诗……江　榕

宋憩园的诗……宋憩园

洪光越的诗……洪光越

王一萍的诗……王一萍

陈有膑的诗……陈有膑

宋　煜的诗……宋　煜

李才豪的诗……李才豪

063 风度

黑　辞的诗……黑　辞

西　左的诗……西　左

古　轨的诗……古　轨

余　真的诗……余　真

钟　钟的诗……钟　钟

彭　杰的诗……彭　杰

田凌云的诗……田凌云

丁　薇的诗……丁　薇

向　晚的诗……向　晚

安　文的诗……安　文

085 风琴

鱼……蓝格子

川北、甘南笔记……田字格

哦！少年……占　森

白蘑菇……安乔子

105 风声

物・我・语言……西　渡

113 风景

王子俊　唐　月　思不群　东　伦　量　山

李继宗　祝宝玉　阿　笑　高鹏飞　雨夜听荷

李　潇　盛　红　丁卫华　林　溪

封二 风雅

淞南凝秀……刘亚武

夏季风　2020年｜第2卷

The Summer Wind

学术指导：

北京师范大学文学创作与批评研究中心

江苏当代作家研究中心基地

指导单位：

昆山市张浦镇文学艺术界联合会

封面题字：吉狄马加

视觉设计：新屿文化

夏季风

故事之二

有一次 举办 诗歌朗诵会

这伙人 哄骗 乡下妇女说还有越剧

害得她们搬着椅子 大老远赶来

坐在第①排

为了诗歌这伙人

什么事情

都干得出来

这些事情 基本上发生在

1985年至1990年之间

后来的十年 是诗歌低产期

一行诗歌要写一年

一首诗歌只值五元钱

热爱诗歌的这伙人大部分恋爱了

生产诗歌的女孩子生产孩子了

有人前赴后继

把夏季风改造成一个

多种经营的文学庄园

种植一些杂交型的文学蔬菜

风向

我只和神交往。

我只看到人本来的样子：

那沿街拍打着永远不会

敞开的大门、膝盖破旧的你

——让我成为你的女鞋匠。

The direction of the wind

萨福：波浪的交谈

Sappho: the conversation of the waves

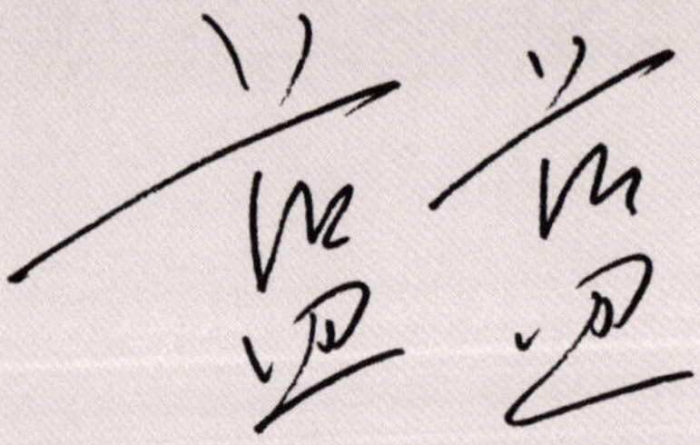

蓝　蓝｜原名胡兰兰，祖籍河南，1967 年生于山东烟台。14 岁开始发表作品，出版有诗集：《含笑终生》《情歌》《内心生活》《睡梦睡梦》《诗篇》《诗人与小树》《从这里，到这里》《唱吧，悲伤》《一切的理由》《世界的渡口》等，出版中英文双语诗集《身体里的峡谷》《钉子》以及俄语诗集《歌声之杯》；出版散文集六部；出版童话六部。作品被译为英、法、德、俄、西班牙、日、希腊、比利时、葡萄牙等十余种语言发表。获刘丽安诗歌奖，诗歌与人国际诗歌奖，袁可嘉诗歌奖，天问诗歌奖，三月三诗歌奖，首届苏轼诗歌奖，华语传媒文学年度诗人奖等。2014 年被希腊荷马故乡希奥斯市授予荣誉市民。

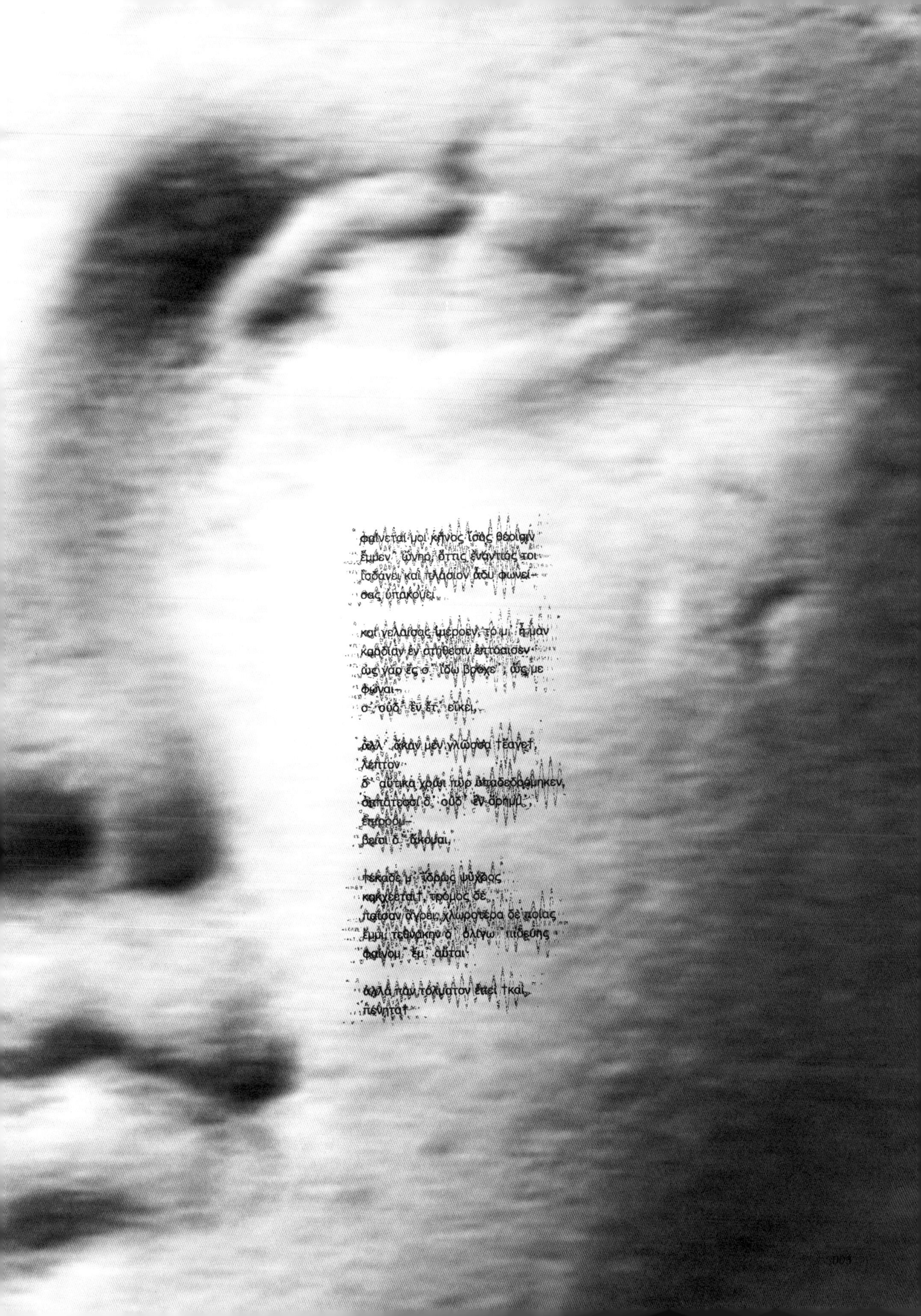

φαίνεταί μοι κῆνος ἴσος θέοισιν
ἔμμεν' ὤνηρ, ὄττις ἐνάντιός τοι
ἰσδάνει καὶ πλάσιον ἆδυ φωνεί-
σας ὐπακούει

καὶ γελαίσας ἰμέροεν, τό μ' ἦ μὰν
καρδίαν ἐν στήθεσιν ἐπτόαισεν·
ὠς γὰρ ἔς σ' ἴδω βρόχε', ὤς με
φώναι-
σ' οὐδ' ἒν ἔτ' εἴκει,

ἀλλ' ἄκαν μὲν γλῶσσα †ἔαγε†,
λέπτον
δ' αὔτικα χρῶι πῦρ ὐπαδεδρόμηκεν,
ὀππάτεσσι δ' οὐδ' ἒν ὄρημμ', ἐπιρρόμ-
βεισι δ' ἄκουαι,

†έκαδε μ' ἴδρως ψῦχρος
κακχέεται†, τρόμος δὲ
παῖσαν ἄγρει, χλωροτέρα δὲ ποίας
ἔμμι, τεθνάκην δ' ὀλίγω 'πιδεύης
φαίνομ' ἔμ' αὔται·

ἀλλὰ πὰν τόλματον ἐπεὶ †καὶ
πένητα†

A：**哪一个**

萨福，是哪一个？
她不在这里。
另一个也不是。

山坡上的茴芹，盲人们
用双手阅读夜风时
闻到了她。

B：**新名字**

一个中国人为我造了一个新名字：
婔人。[1]
它将在人间第一次被发表。

仓颉[2]——爱和恐惧的四目之神
让我消失在你枷锁深处的自由里。

A：**在周朝**

你双唇读出的萨福，
是远古周朝的沉寂。

惟有，淇河边的许穆夫人[3]，
触摸着箜篌[4]上
芦苇摇曳在风中的沙沙声。

路标：人是时间的一个
　移动地址。

B：**诗**

一块烧红的煤
在嘴里含着，嗞嗞作响

——让我吐出它。

A：**坦白**

告诉你啊，萨福
我有玉米金色的寺院和
红薯幽暗的庙宇。

我有荒野，那诗人的盛典：
神在树和河流中藏匿
并以山顶的星空暗示，
在长久、长久的静默里；
在午后一枚柳叶悠然的飘落里——

阳光下一朵海棠花，朝着她的蜜蜂
慢慢飞去。

B：**壁炉**

东方人，请看看希腊的火焰

把你脸庞映照得
更美丽的壁炉里的光芒
那上升的力量
　是利斧赐予的。

A：Αυρα [5]

阿馥腊，阿馥腊，
你的名字掠过时我唇上的清凉；

微风之神，光晕
在埃庇达鲁斯[6]圆形剧场

你是两股微风忽然
相遇之处——那靠近的远
有力地保持了你的尚未抵达：
——杨穗儿的柔毛诱引着
一场雷暴的皈依。

而熟睡中的爱人，我也曾深深吸入过
他唇边的气息——
那宇宙河底水草的起伏……

阿馥腊，阿馥腊，空气的女儿
你就这样吹动了
沉重的星球？

B：灶火

我寻找橄榄树和白蜡树下的
野花和树叶，
我的爱人在收拾劈柴。

泉水正带走一个下午——
他挽起袖子，
整理着杂树和灌木。

夜晚，爱唤回了他年轻的力量。
他在我胸前燃烧，就像少年
烧遍夏天的火。

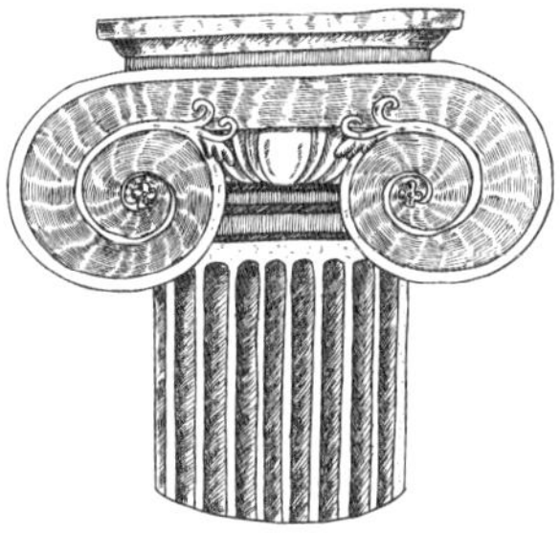

【1】这是一个作者新造的中文字，中文里的“诗人”一词没有性别之分，而在希腊语中，“女诗人”一词曾专指萨福。
【2】仓颉，传说中中国文字由他创造，古代画像中他有四只眼睛。
【3】许穆夫人，（约公元前 690 年—？），姬姓，古代中国的卫国公主，长大后嫁给许国许穆公，故称许穆夫人。她是中国文学史上见于记载的第一位女诗人。
【4】箜篌，中国古代的弹拨弦鸣乐器。
【5】Αυρα，希腊语，从海面吹过来的温柔微风。中文发音“阿馥腊”。
【6】埃庇达鲁斯，古希腊著名的露天剧场，是祭祀医神阿斯克列皮亚斯的圣地。建于公元前 45 年。埃庇达鲁斯在希腊语中意即忽然靠近的两股微风。

A：**忠诚**

她手指粗糙，生满老茧。

——就是它们
在不确定的琴弦上
克服了偶然。

B：**在高处**

对于他们够不着的树巅
——有一块
高悬的石头[1]。

这一点，他们从不会
遗忘。

那圆满、清新
从未有人触碰过的
一个红苹果。

A：**卜辞**[2]

在名词致命的吸引中，
形容词开始弯曲。

而动词的可怕在于
它窥视已久想成为名词——

会有一条民族的大河
因此弯曲吗？

B：**约定**

有人与你分享床榻
我与你分享墓冢里的长眠。

点点渔火又一次
倾进夜空深蓝的水中。

我们重复着我们。重复。仍然是
我们活着时再一次见到的。

A：**技艺**

她能单足在一个高音上
稳稳停留，
直到和它一起缓缓降落，伸展成
辽阔的平原。

B：**树**

一棵橄榄树
跑进了另一棵
核桃树的身体里。

我的爱，今晚你的枕头
在什么地方？
我俯身这一行凄凉的诗句
宛如拥抱你的双膝。

A: **一种希腊语**

星星一样多的海岛散布着
香蜂草、米科拉斯花、白雏菊
迷迭香、山茶、乳香树和月桂[3]……

这是萨福的希腊语——
那香气，那盘旋上升的
　嗅觉的圆形祭坛。

B: **古代少年雕像**

“——你不知道
你大理石的腰
多么美？”

“——你来了，
那一刻，我开始变老。”

A: **奥林波斯**

也许，她去过奥林波斯，
在一个夜晚，深陷大腿的积雪
银色月光透进松林
照到天尽头。

十二众神扮作登山者
与她同居一室——石头客栈
冰鞋和冰镐靠在壁炉边。

黎明时他们起身
床上躺着的是一张里拉琴——

“它就是你们的语言。”
“与你同去的人，别忘了大雪中
　　秘密的足印。”

B: **吻**

恋人们从彼此的嘴唇上
吸走的不是一个吻
而是瑟瑟发抖的
一缕惊魂。

【1】萨福曾写过关于在树巅上的苹果一诗，内容大致为它不是被人遗忘，而是人们够不着。这里作者以石头比喻这个苹果。
【2】卜辞：公元前1600年的中国商代，人们将沟通人神关系的占卜内容，刻在龟甲和兽骨上，称为“卜辞”。
【3】香蜂草、米科拉斯花、白雏菊、迷迭香、山茶、乳香树和月桂，这些植物都是香气浓郁的花草，希腊人用来做茶或香料。中国古代的典籍中认为，道德也能散发香气（明德惟馨——《尚书》）。

A：**奥维德说**

“莱斯波斯[1]的萨福，
除了如何去爱之外，
还教会了女孩子们什么？”

他说得没错。

柔软踏着轻，踩在孤独的
暴君头顶。

B：**我只和神交往**

我只和神交往，
我只寻找没有屋顶的教堂。
缪斯山谷[2]的牛铃，在一个清晨等到了我

一阵摇撼橡树的山风
终于捕获了我的双唇
——最后的葡萄，让我成为你的酒。

我只和神交往。我只看到人本来的样子：
那沿街拍打着永远不会
敞开的大门、膝盖破旧的你
——让我成为你的女鞋匠。

A：**注视小麦的穗状花序**

啊，我的姐妹
现在你明白了么？

——不存在无神论者。

B：**火烈鸟（flamingo）**

黄昏。火烈鸟被大海的暮色收回。
还有三只，挺着笔直的脖颈
伸进一个方向的意义——

对于爱者
一只就够了。

不是 A flamingo
那是：THE flamingo .

【1】莱斯波斯岛，萨福的故乡。位于北爱琴海，临近土耳其。
【2】缪斯山谷，位于希腊赫利孔山下，那里有古代缪斯的祭坛。
【3】安提戈涅，俄狄浦斯的女儿安提戈涅不顾国王克瑞翁的禁令，将自己的兄长，反叛城邦的波吕尼刻斯安葬，而被处死。
【4】Chios，希奥斯岛，荷马的故乡，位于北爱琴海，在莱斯波斯岛的南边。
【5】厄勒索斯，位于莱斯伯斯岛西南部，萨福曾在这里生活。
【6】摩涅莫绪涅，希腊神话中的记忆、文字、语言女神，她与宙斯生下了九位缪斯。

A：**萨福旅馆**

在莱斯波斯，无人不知道
萨福的美名。
在萨福旅馆，一个女人也能同时
成为男人。

你带着异乡人的腼腆，听到海浪和
隔壁欢乐的叫喊。你知道
或许这一切，都来自安提戈涅[3]的悲呼
和萨福化为歌声的沉痛。

B：**劳作**

我时常劳作到黎明。

窗外，灰藜睡着并做梦，
希奥斯[4]来的大船刚刚
从它的头顶稳稳驶过——
海浪溅进我的窗口，月光
涌进窗帘。

我的笔停在
月光照亮又消隐的地方：
—或许，这就是
我伏案一整夜
最终完成的诗。

A：**波浪**

起风了。

大海开始拉它起伏的
蓝色手风琴。

B：**世界最终将收回历史**

据说理性很少出错。

青藤覆盖了倒塌的房屋。
黄蜂把蜂巢造在大理石塑像的头顶。

那些我们走过的路。
在山间我还走着今天的此刻。

我以我的偏见爱你。
我以我的柔弱走向你。

万物莫不如此：
所有的面都朝向泥土。

A：**扁桃**

扁桃，厄勒索斯[5]的七月
老妇人递给你
摩涅莫绪涅[6]的手。

你吃下去了。
那不朽的新肉。

B：**每次的初次**

保持你的失去在你花朵的果实中。
那是你种子最终的留住。

A：埃利蒂斯[1]的故居

全希腊的门上，几乎都是
来自中国的铜锁。

埃利蒂斯，你的门也是，
我的手伸进太阳晒热的石头深处——

钥匙和锁，
总是在一起造的。

B：触摸

我的手停留在你的头发里。
蜜蜂们来了。

你晶莹的泪水一滴一滴
落在我的前胸。

A：诗人

谁知晓诗人的悲欢？

纵身深渊的女人[2]
群山轻轻接住了她。

B：火山岛

那些躺在火山灰和荒凉砾石中的枝藤，
会长出浓绿的叶子，
并把在二月见到过的脸庞，
结成一串串喊着你名字的葡萄。

A：在莱斯波斯山顶

黄昏，莱斯波斯蓝色的山顶。

松树没有国籍。紫花大蓟也没有。
两个东方人，然后
一张古琴：古老的《流水》[3]，
丝弦在微颤。

风摇动松枝，第四个来了。

听吧——在我身边放下你
轻轻提着的裙子。

B：谎言

你很平静，但这没有用。

你是舌头老练的僭主[4]
而我是语言涌出的一条清澈小溪。

A：飞

书桌前有一把椅子。
它有四条腿。

每天我骑上它
在时间的烈风中。

B：波浪麦田

我在两座岛之间长大。

每到晨昏之时，
它们就把自己划向对方。

我的爱，大海上一垄垄麦田
是你播种的吧。

那脱了硬壳的籽粒，深知磨盘
一动不动的欢喜。

A：以汉语说

厄琉西斯[5]，俄尔甫斯教秘仪之地
德墨忒尔[6]的祭坛
山洞和废墟。遍地不知名的野花
贴地低低燃烧了过来。

泥土里，石缝间，柱子下，水洼中。

一株小麦就是思想。
一株大麦就是德行。

谷物女神的领地，母亲和女儿[7]
都曾从地狱返回。

她们的胸乳和肚腹宽大柔软
那些红罂粟，那些浓密的草
正在结出种子。

俄尔甫斯正是为此而歌唱。
一株小麦，一棵苦荬菜。
当它被撕成碎片——记得吗？
德墨忒尔的谷子也是碎片
在东方它们就是——
稻、黍、稷、麦、菽[8]。

泥土里，石缝间，柱子下，水洼中。
大地拨动诗人，那些叶子和花
扁平的舌头，酒盅的喉咙，
万物就是德行——
它们自言自语，唱着春天和孕育。

B：是痛苦，又是安慰拯救

你仰头望着
晨晖中这张圣洁的面孔——

就是从这里开始，茹毛饮血的祖先
放下棍棒和箭镞
走向了歌唱、舞蹈、语言和文明。

【1】奥迪塞乌斯·埃利蒂斯（Odysseus Elytis，1911—1996）希腊诗人，曾获 1979 年诺贝尔文学奖。
【2】传说中，萨福从卢卡斯的悬崖上跳海殉情而死。
【3】《流水》，中国古代十大名曲之一，也有将其与另一支古琴曲合称为《高山流水》。传说公元 200 多年前，晋国琴师伯牙在江边弹琴，遇到一生的挚友钟子期，互相倾慕。钟子期死后，伯牙将琴摔碎，此后终生不再弹琴。后人将这种友情称为“知音”。
【4】僭主，是古希腊独有的统治者称号，是指通过政变或其他暴力手段夺取政权的独裁者。
【5】厄琉西斯，位于希腊阿提卡地区，雅典西北部，是俄尔甫斯教举行秘密仪式的地方。
【6】德墨忒尔，希腊神话中的谷物女神，掌管土地的丰产，是奥林匹亚十二主神之一。
【7】德墨忒尔的女儿帕尔塞福涅被冥王哈德斯抢走做妻子，德墨忒尔和冥王达成协议，每年有四个月女儿可以留在冥界，遂把女儿带回人间。
【8】稻、黍、稷、麦、菽，中国古代最重要的农作物，分别是水稻、黄米、高粱、小麦、大豆。孔子最早在他的著作《论语》中称之为“五谷”。五谷在中国文化中有着重要的寓意，常与人类的文明起源相关。

缪斯的腹语：

东西方诗歌文明的观照与对译

提问：**陈陈相因**

回答：**蓝　蓝**

时间：2020 年 7 月

Question= 陈陈相因　　Answer= 蓝　蓝

Q《从缪斯山谷归来》这本诗集是您2018年出版的，据说是您从"首届雅典国际诗歌节"归国后的作品。在读这本诗集的时候，我能明显地感觉到您试图汇通东西方文明的国际化视野。当时是怎么构想编排这本诗集的呢，有没有自己想表达的理念？

A 当然有我想要表达的理念，还有各种复杂的感受。我去过几次希腊，去过欧洲的一些国家，北美和南美也去过。在异域文化的环境里，我对别人如何看待中国文化、旅居海外的华裔文化人如何看待中国文化都非常好奇。我注意到，外国人——包括外国的诗人、作家，他们对中国文化的理解大多都停留在唐朝宋朝。他们知道李白和杜甫，知道王维。十几年前，我在委内瑞拉文化部直属的狗与青蛙出版社，看到了他们出版的杜甫诗选和毛泽东诗选，摆放在非常显眼的位置，但是他们对当代中国的文化现象所知甚少。这样一来，外国人、汉学家很容易用他们对中国固定的文化标签来看待我们，包括我们自己的一部分人，包括在海外生活的华裔，多少都会有身份的焦虑，比如：我要强调自己的文化身份，我和他们不一样，我背后是深厚的中华文化传统。我想我能够理解在异域的语境里，强调自我的身份是一种下意识的心态，因为只有这样才不被异族文化吞没或者遭受歧视——假如你不想真正融入他们的文化。

但同时我也注意到，有没有另一种可能，那就是我们可以有一个共同的属于全人类文明的一个文化身份，它可能不再纠结于树立隔阂，划清界限，它有人类能够分享的价值观，能够进行交流而不必对立的思想领域，以一种更开阔、既不自卑也不自傲的态度来面对不同的文化。所以，基于这种想法，我把一部分和希腊文化有关、我在希腊的一些观感写成的诗，与我写当下中国所见所闻的诗编辑在一本诗集中，书名就叫《从缪斯山谷归来》，就像一个人将自己置于前后都是镜子的地方，进行自我观照，看自己，也看别人，也看别人眼中的自己和自己眼中的别人。缪斯山谷确有这个地方，是在赫利孔山脚下，希腊神话中缪斯女神的

《从缪斯山谷归来》
北岳文艺出版社·2018-1

陈陈相因，1998年生于黑龙江，诗人，青年批评家，毕业于吉林大学中文系。文学作品见于《诗刊》《青春》《海燕》等，文学评论见于《诗林》《长春日报》等，曾获第三十七届全国大学生樱花诗歌奖。

我想我能够理解在异域的语境里，强调自我的身份是一种下意识的心态，因为只有这样才不被异族文化吞没或者遭受歧视——假如你不想真正融入他们的文化。

嬉戏之地，那里有一孔马泉，传说是诗人灵感的来源。我去过那里的缪斯祭坛，并献上了一束野花，自然也感慨万千。想起古往今来的诗人们，全都是艺术女神麾下的歌者，哪里还分国家民族省份乡镇。所以说，这本诗集是我试图越过所谓中西方文化边界而进行的一次小小的文化沟通。

Q 诗集总共分为《萨福：波浪的交谈》《伊卡洛斯之翼》《我的爱是一棵树》《汉语之航》四个小辑，每个小辑的出发点是什么样的呢？

A 第一辑全部是没有公开发表的作品，是模拟两位女性对话交谈的短诗辑。每首短诗既独立又相互有关联。第二辑的内容全部和希腊有关，古希腊神话、荷马史诗引发的遐想，我在希腊诸岛留下的足迹，面对世界上最湛蓝、最干净大海的震撼……都在这一辑中。第三辑延续了第二辑的部分内容，但另一部分更多是内心的沉思，对大自然、爱和生活，都有涉及。最后一辑基本上是对当下中国的一些记述，包括我看到城镇化建设后开始没落的农村，荒芜的农田，也有对逝去亲人的思念、对古代文学中一些题材的重新处理等等。只是因为内容的需要，才会把这些诗分门别类放在一起的。

Q 为什么选择《萨福：波浪的交谈》作为开篇呢？您能简单聊一聊创作这组诗歌的背景吗？

2013 年 9 月 23 日至 10 月 1 日，由希腊“诗歌圈”组织主办的首届雅典国际诗歌节在希腊召开，中国女诗人蓝蓝应邀出席。2011 年，希腊的一些实力派诗人与一批有影响力的国际诗人，联合组织成立了一个名为“诗歌圈”的团体，由主席迪诺斯・西奥迪斯和副主席、诗人安娜斯塔西斯主持工作，致力于在希腊经济困难的情况下，团结更多诗人，继续发扬并建设希腊文明中悠久灿烂的诗歌传统。
本次国际诗歌节邀请了包括波兰诗人亚当・扎加耶夫斯基、塞尔维亚诗人米奥德拉格・帕夫洛维奇、西班牙诗人胡安・卡洛斯・梅斯特、以色列诗人阿米尔・奥尔等来自全世界 20 多个国家的七十余位重要诗人在雅典相聚。**【摘自诗通社】**

和希腊纪录片导演、摄影家泽丽在北京

A 这是我向古希腊诗人萨福致敬的一组诗。我去过萨福的故乡莱斯波斯岛。那次是我参加荷马国际年会后，从荷马的故乡希奥斯岛坐船到莱斯波斯岛的。这次航行连接起古希腊两位最伟大的诗人，荷马和萨福。我们都知道，阅读经典和亲身抵达经典文学写到的地方，感受是不太一样的。那里的山川地貌、民风民俗，都在向我们透露两位诗人的秘密气息，连岛上的希腊棘、迷迭香、罗勒，都在用它们的香气提醒我，两千多年前荷马和萨福也闻到过这香气，也把它们写进了诗句中。我记得有一天傍晚落日时分，我从萨福旅馆出来，登上了岛屿的一座山顶，看着太阳慢慢落入西边的大海。那时，我们一起来的朋友坐在松树下，在电脑上放了一支中国的古琴曲《高山流水》，有一瞬间，一阵风忽然吹过，松枝晃动，我说：萨福来了。

我到了莱斯波斯，看到那里沙滩上说希腊语的人，看到四处矗立的萨福的塑像，看到那里健硕的、高大美丽的女性，我觉得我能理解萨福，理解并感到亲切——是那种骨子里的亲切，就像是亲戚般的相认。我熟知她的生平，包括她因政治原因被流放到西西里岛的经历，当然还有她的爱情。在这座岛上，我认识了一位女摄影师泽丽·哈吉迪米特里欧，我们后来成了好朋友。她当时正在拍一个纪录片《寻找俄耳甫斯》，正好逮住我做了一次采访，她就问到了抒情诗在东西方的影响这样一个问题。那个时候，我就动了一个念头，我一定要写一首对话形式的诗，这就是《萨福：波浪的交谈》的创作背景。

Q 《萨福：波浪的交谈》整组诗歌在结构上用的是一种交谈的方式，我们能够看到形而上的"诗神"被一分为二，一边是代表东方阅读西方的A声部，另一边是代表西方与东方对话的B声部。这种谈话式的构思，在中国文化里类似《尚书》《论语》，在西方文化里类似柏拉图的《理想国》。那么在创作之初，您为什么会想到设计这样一个类似于哲学对话，或是诗剧，甚至复调的方式呢？

A 前面说过希腊的女摄影家把对我的一段采访加入了她的纪录片中，我记得当时就是在莱斯波斯岛的一个人迹罕至的海湾，传说抒情诗人俄耳甫斯被酒神的狂女杀死后，他的头颅漂在大海上，唱着歌，一路被波浪冲到了这个海湾。因为四周极其寂静，只能听到海浪冲刷着沙滩的哗啦哗啦声，这也是海与大地的交谈，是波浪与波浪的交谈，而我在回答泽丽的问题时，也是在和她、和那个名叫萨福的诗人交谈。交谈是爱和理解的开始，尤其是在面对我们可能感到陌生的文化、地域。所以，用这种两个声部或者多声部组织这首长诗，的确是我一开始就已经在心中想好了的。

Q 在阅读中我们能够明显地看到A声部与B声部的互动，那您在写作的时候，希望这种互动式的呈现表现出什么样的效果呢？一种诗人间的心有灵犀？一种诗人间的相互沟通？还是东西方两种文明的汇通？我相信您自己在创作中是有一个层次在里面的。

A 就像波浪推动波浪、永无止息那样的效果。那是一种诗歌深处的节奏，也是宇宙万物的节奏。有问有答，有呼唤有回应。你说得对，一定有一种诗人之间心有灵犀的情感在其中，她们有自己的暗语，她们是一个秘密的家族，无论她们四散在地球的哪个角落，抑或分别诞生在什么世纪，都会有一种东西教她们立刻互相辨认出对方。这就是作为诗人、女性诗人理解和触摸世界万物时的感受——她们对事物的敏感、柔软又坚强的心灵，在爱情中纵身一跃的勇气，等等，都超越了时间和地域、文化与政治等界限。当然，她们又有不同，但我们每个人都和别人不同，我的两个双胞胎女儿同样也不一样，但这不同使她们更丰富和动人，难道不是吗？我记得2011年底参加香港国际诗歌之夜，读到了波兰一位诗人的诗句——"波浪是上帝的犹疑"，真是太好了，它能够解释所有有异质的、有活力的同时又因此而相似相通的人类、世界相互触碰的那种愿望。

Q A声部更像是整个汉文化中诗人群体的发声，我能感受到A声部这里统一了时空，像您在《A：在周朝》里面写的"路标：人是时间的一个 / 移动地址"，一方面写到了当下阅读萨福的感受，另一方面又写出了那种"诗神"挑选诗人作为诗歌容器的感觉，A声部更像一个古今的东方文明集合体，比如您在《火烈鸟》里面说"对于爱者 / 一只就够了 // 不是：A flamingo/ 那是：THE flamingo"。这里面又把阅读萨福和观浪、游览希腊、弹拨乐器的技艺、对于诗歌创作的想法、希腊文学的发展联系在一起。您当时是怎么样设想这个A声部的呢？

女诗人们在希腊雅典卫城

A 萨福不单是古希腊第一位有记载的女诗人，也是西方第一位有记载的女诗人。可她比中国古代的女诗人许穆夫人还要晚生差不多八九十年。所以许穆夫人应该是世界上最早有记载的女诗人。许穆夫人生活的时代就是周朝，这就是这首诗从周朝开始写起的缘故。A 声部集结了东方文化中女性的声音，尤其是女诗人的声音。这首诗里出现的那个现代汉语词典中从没有的“娪”这个字，是对应于希腊语中女诗人的一个专有词 π ο ι τ ρ ι α，它原本是指萨福，后来就指代所有的女性诗人。我们中国以前没有“她”这个字，是刘半农发明了这个专指女性的字。我们也没有专指女诗人的词，所以发明这样一个新词，就是对古希腊女诗人 π ο ι τ ρ ι α 这个专有名词的呼应。中国女性和希腊女性在历史上的地位差别巨大，萨福那个时代，女性不仅仅可以接受高等教育，她们还可以开办学校，教授写作和音乐，还可以参与政治社会活动。这在中国是不可能的事情。所以，从一个词的变化来看，从一个单数的 a 到一个全体意义的 the，这个声部不仅仅是一个女诗人的声音，也是所有女性的声音。当初设计 A 这样一个抒情主体，更多的是从中国女性的文化角度考虑的。

Q B 声部更贴近萨福的自述，更加坦然、真诚、自由，借用自然事物书写了很多自己的生命经验。我们看到 B 声部所写的恰恰是萨福一生事件中很多微小的思绪，包括她的诗歌创作，她的灵感来源，她的爱情等等。为什么会把萨福当作交谈的对象呢？

A 没有比萨福更能代表西方抒情诗歌的源头了。我对她的评价非常高，并不是因为想把诗人赶出理想国的柏拉图都梦想临死时能跟萨福学会写诗，而是因为，在她之前，整个西方诗歌都被以

在我看来，萨福的重要意义，并非仅仅因为她写了很多大家喜爱的爱情诗，而是她以抒情诗的方式，在西方诗歌中与荷马的叙事诗传统达成了形式上的抗衡。

荷马为代表的史诗——叙事诗统治着。在叙事诗中是没有作为抒情主体的“我”出现的，诗句始终在讲“他”或者“他们”的故事。荷马史诗的创制影响力巨大，古希腊的诗人都沿袭这一传统。一直到萨福出现，才开始有了以第一人称抒发个人情感的抒情诗。我在不止一个场合说过，在我看来，萨福的重要意义，并非仅仅因为她写了很多大家喜爱的爱情诗，而是她以抒情诗的方式，在西方诗歌中与荷马的叙事诗传统达成了形式上的抗衡。这是了不起的创造，这是一个女诗人为人类文化做出的伟大贡献。从她的诗中可以了解到她是一个感受力非常强的人，一个智慧多情的女性。所以，把她当作一个对话的人，实在是觉得她就像女诗人们的精神姐妹，你可以和她敞开心扉，坦荡地交流一切。

Q 我看您在这种交谈中，也提到了很多语言哲学方面的问题，比如您在A声部里就试图用汉语来转述希腊语，让希腊意象成为您的诗歌经验，您在这部分也提到了“卜辞”，然后也写了《A：以汉语说》，用一个相似的“所指”平衡了东西方的语言，比如“德墨忒尔的谷子也是碎片 / 在东方它们就是——稻、黍、稷、麦、菽”。在B声部这里，萨福就用《B：新名字》来召唤中国的汉字，甚至说到了“仓颉”。您是怎么样看待“语言”和“文字”的呢，或者说“语言和诗”“文字和诗”的关系？感觉您多数作品里都在表达自己对语言的理解。作品里是不是还有潜藏的语言间的“对译”问题？

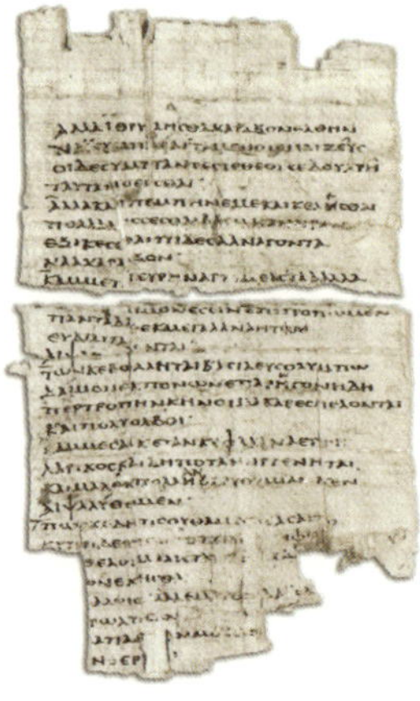

P. 萨普 Obbink：纸莎草的片段，在上面发现了札幌兄弟诗

A 我去荷马的故乡、萨福的故乡那一年，正巧我的一个短诗剧在雅典演出。这部诗剧的名字叫《边界》。我们都知道，没有边界是不可能的，也是可怕的，但处处是边界、高墙或者沟壑，同样也是可怕的。像爱情一样，我们可以想象人与人之间可以存在着既有边界又可以超越边界的相互融合、理解、接纳，我觉得应该有这样的东西。无论是什么民族、国家、肤色、性别等等，都应该有这样的以尊重为基础的接纳和相互的学习理解。在这一组诗里，我一直在尝试通过对话达成真正的交流，找到我们共有的东西，可以分享的情感，所以就会从语

言、表达形式、物象等，寻找对应的事物。你说的“对译”没错，我称之为心灵、情感和精神之间的对译，通过彼此的历史、生命细节、经验记忆等等，去进行最广泛的交谈和拥抱。

Q 我知道您参加过很多国际诗歌活动，诗歌也被翻译成了十余种语言。您怎么看待诗歌的民族性和国际性？比如就有人说，文学只有是世界的，才能被称之为优秀的文学，也有人说，文学只有是民族的，才能称之为优秀的文学。

A 我觉得，要彻底摆脱文化自卑才有可能真正融入人类的文化和文明之中。我说的是融入，而不是对立——太多强调身份的极端言行只能导致对立和分裂，而文学是培养我们对他者的想象力的，是倾向于融合和理解沟通的。我能觉察到太多关于民族性的焦虑，以及围绕它而出现的写作策略——可你到底想要什么呢？如果一个作家、诗人没有把专注力放在如何感受你的生活世界，如何表达你的所思所想，你那些策略有什么用呢？我知道有人希望自己拥有更多影响力，但这真的有点好笑。想起诗人歌手老科恩曾说过一句话，大意是：珠穆朗玛峰会发疯般地盼望着有人颁给它一个世界最高峰的奖牌吗？

好的文学在任何地方都是好的，或许，我们应该对“民族性”做一个更冷静的定义，那就是诗人和作家必须诚实地表达你所感受到的生活现实——它才是最真实的创作背景，是你的民族性、国家性、家族或者地域性。

Q 读完这部作品能感觉到您诗歌中的智性转向，关注了很多东西方古典文化的东西，而整部诗集的整体设想似乎都浓缩在那首《在戴高乐机场转机》，包括后面也有看到您专门对希腊古典的解构，比如《卡鲁普索》《俄耳浦斯之死》等；还有对中国古典的解构，比如《精卫填海》《雪夜之戴逵》等。您是受了什么启发去写这些呢？您怎么样看待这种历史文化知识对于诗歌本身的介入呢？

A 我很高兴你指出了《在戴高乐机场转机》这首诗。你说得很对，整部诗集的复杂性感受差不多都凝缩在这首诗里。它包含了太多的东西，东西方文化、历史、神话、个人的经验等等，我提到了当代具有国际影响力的哲学家、作家齐泽克，这位在世界各地飞来飞去做演讲、接受采访的大名人，以及和他有着相同观点的人，他们对中国的想象，对世界的想象，我都写到了。你提到的对古希腊神话题材和中国古典文学的重写，说到底都是在写我的当下，我在和世界、和时代相碰时的伤痛、快乐、思索等等。它们不是历史文化知识对诗歌的介入，它们是文化记忆和伦理一起来到生活现场，诗歌将掀开面纱，露出它们在当代的面孔，那是文化生命在诗歌中重生的活力：它驱使诗人辛苦劳作，并把诗人的心灵压榨成歌声。

里奥纳德·诺曼·科恩（Leonard Norman Cohen）生于魁北克蒙特利尔西峰（Westmount），加拿大创作歌手、音乐人、诗人以及小说家。他的作品中充满对宗教、孤独、性以及权利的探讨。科恩先后获选进入加拿大音乐名人堂，加拿大创作名人堂，美国摇滚名人堂，同时他被授予了加拿大最高平民荣誉加拿大勋章及魁北克民族勋章。
2008 年科恩获选进入美国摇滚名人堂时，致辞人娄·里德形容其是“最高水准与最具影响力的创作人之一。”

现在，每一只飞逝的鸟儿
都像不可捉摸的终点

唐不遇

+

没有难度的生活
是松果，顺着山坡
领着滚落和滚落之后的平静

灯灯

夏天，雨水剥蚀的墙
——腐烂的肉体。
咕咚咕咚的下水道
像被哭声浸泡的喉咙。

风车

T h e w i n d m i l l

唐不遇的诗

唐不遇 | 1980年生于广东揭西，客家人。2002年毕业于中央民族大学。著有诗集《魔鬼的美德》《世界的右边》等。作品收入《中国新诗百年大典》等多种选本。曾获首届“诗建设”诗歌奖新锐奖、第三届中国赤子诗人奖、第十届广东省鲁迅文艺奖等奖项。

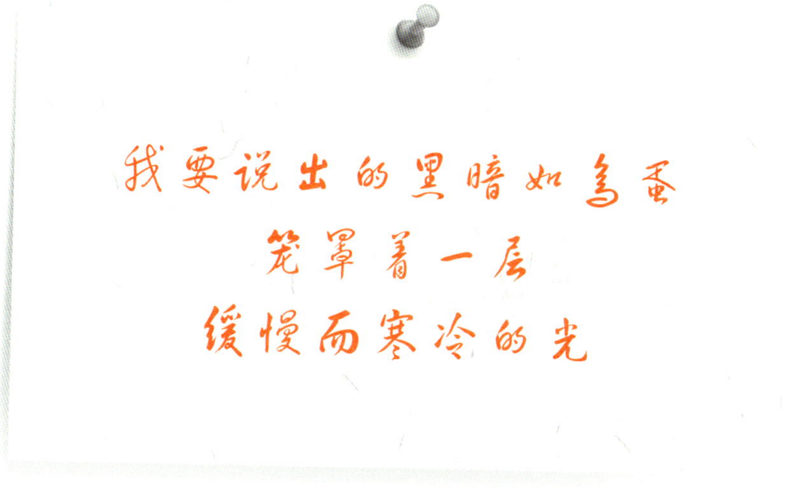

流水二章

一、晨泳者

请进。我一头扎进河水中
仿佛扎进新鲜的空气。
我潜入一朵睡眼惺忪的云，
然后像蜻蜓的尸体浮游。

河床上铺满未孵出的卵
在颤动的羊水里静静呼吸着。
而薄雾生出了青苔。
突然我想长啸，变成

那只不谙水性的鸟，张开双臂
在陌生的波光里浮沉。
但是我张大的嘴巴
露出一条鱼的惊讶和喑哑。

二、溺水者

请进。我们越走越深：
水漫到肚脐，水漫到胸口，
水淹没我们。从我们黑暗的源头
传出被呛住的呼声。

我们得救了。关于死亡的记忆——
一座比水流得更急的桥。
波光中我们紧握栏杆，
像喘着粗气，在岸边挣扎的泡沫。

现在，我清晰地记起
那只浮在水面上远去的拖鞋，
只是不记得我们中的哪一个
正光着一只肮脏的脚，走回家去。

蒲公英

这个世界飞了起来，
好像月亮的睫毛。
而时间的手开始降落。
蒲公英，萤火虫，鬼灯笼——
风借你的身体还魂。

立夏

今天是立夏
可猫在叫春
它像伤感的词人
在屋顶和栏杆上徘徊
今天
要像雨水一样求爱
在夏季的开始
尽管天气像初春一样凉
栏杆像手臂一样湿滑

说出黑暗

我喜欢说出黑暗，即便此刻
只有我的身体亮着灯。
只有我一个人带着黑夜的表情
瑟缩在桌前。当我起身

拉上羽毛的窗帘，我发现
一棵树在窗外高举着
黑色的巢穴，正悄悄靠近，
被叶子覆盖的种子在发出轻响。

我想起，那些争吵的邻居
已变成和睦的死者，并肩躺在夜色中。
他们的身体像地下作坊
生产着这个世界的寂静。

我要说出的黑暗如鸟蛋
笼罩着一层缓慢而寒冷的光。
只有关灯我才能写作。
只有黑暗才能说出一句诗。

枯坐

在你的一生中，太阳升起
和落下的次数
并不相等。野草和黑夜常常
混为一体。你整夜枯坐着。

在你的记忆里，可以找到几根
不属于你的毛发。
从你的心脏里
可以拽出一朵孤独的乌云。

一群蚂蚁忙碌地从远处搬来
一个个洞穴，填满你的身体。
在午夜的宝座上，
那只闪光的蚁后注视着你。

窗外，一个淡淡的印记
正重新长成死亡。
你转身，向窗户献出头颅，
犹如一条浑圆黑暗的舌头。

新生

第二次，你将出生在水里
而不是空气中。

你将像一条鱼或一根水草
啄破流水的壳，重新呼吸。
你将拥有新的睡眠，一个新的母亲。
你注视着她——仿佛一个倒影
给了你模糊的记忆。
你不在她的子宫中，倒更像

她刚从你的身体里出来，
脸皱皱巴巴，挂满泪水——
你脱下泛起涟漪的衣服
作为襁褓，把她轻轻裹住。

流水

整个漫长的下午我都在岩石上
写诗。写着写着
我变成两个人。写着写着
我变成三个人。仿佛在我身上

有很深的裂缝。仿佛这块美丽的岩石
有很深的裂缝。写着写着
松树就遮住了天空。
写着写着，黄昏就满山呼唤我。

当我对着一片荒野朗诵
这首诗，一股流水的声音
如同一根丧失的羽毛
轻盈。而墓碑竖起窃听的耳朵。

避雨

细雨如松针飘落到他身上。
他的衣服渐渐湿了，
他的皮肤却越来越干裂，如同松树皮。
他凝视着那条来历不明的小溪。
现在，每一只飞逝的鸟儿
都像不可捉摸的终点。
在他脚下躺着一枚松果，
像是天空最后的遗失之物。

秘密

这句一直折磨着我的诗
已经渐渐模糊，融入
我穿了一整天的灰色睡衣：
它结束了。而我从不完美的
痛苦和疲惫中站起身来，
凝视着初升的月亮。我看见的是
这个世界的窗户，
一个隐秘的入海口。

锦囊

你在阳光和月光下做梦。
在你分叉的枝条上
结满了红色的小锦囊，
危急之时，它们将自动打开
用时间的妙计，对抗死亡的诡计。

夏天

夏天，雨水剥蚀的墙
——腐烂的肉体。
咕咚咕咚的下水道
像被哭声浸泡的喉咙。

灯灯的诗

灯 灯｜现居杭州。曾获《诗选刊》2006年度中国先锋诗歌奖、第四届叶红女性诗歌奖、第二届中国红高粱诗歌奖、第21届柔刚诗歌奖新人奖，参加诗刊社第28届青春诗会。出版个人诗集《我说嗯》《余音》。2017年获诗探索·人天华文青年诗人奖，并被遴选为2018—2019年度首都师范大学驻校诗人。诗集《余音》入选中国青年出版社·小众书坊“中国好诗第五季”。

塑料生活

海的泪水是不给人看的，波浪
依旧在光中寻找出路
醉心的歌声
不是毁灭，就是重生

我要提及的海豚、海鲸
把整个海携在身上

我看见它们的眼神：
被塑料捆绑，填充胃部

我看见它们，欲死不能
把整个海
带在身上

它们，是母亲。
它们是母亲

……一声不吭。

波澜……

波澜是春风过境，水中的竖琴
无曲可弹
海象在饥饿中选择坠崖
北极熊在唯一漂浮的冰上
紧搂它的孩子
无家可归的是海豹、企鹅、海鸟们
以及人类的内心
波澜是
没有波澜，是波澜循着波纹
寻找它的主人——
我已经不知道该说什么，说什么
都是罪过：

流水善记忆
我们擅长遗忘。

难度

流水没有难度，就可向下
没有难度的生活
是松果，顺着山坡
领着滚落
和滚落之后的平静

我仍有向上之心，向善之情
我仍记得流水
千回百转
为了让我再清澈一次，清晰一次
我仍记得，松鼠三次敲打木门
明月高悬
松果在门前，犹如松鼠
离开前的祝福

我仍似流水呵

……兜兜转转，如松果滚落
跌落
我仍在梦中

西西弗斯般，把滚石
向上，又推了一次。

我要到天空去捕鱼

马鞭草和薰衣草共用同一种
紫色的忧郁，比它们更忧郁的
是菜花蝶

第三次，我把它从蛛网中救起
我如何把它的忧郁救起？

大山被挖了一半，另一半
醒目，悲怆，仍然生长植物的向往
仍然，选择原谅人心
虚空出现一掌，纷纷落下昨天，今日
也可能是明天的我：

我也还剩下一半。

鱼在水中写字。左一下
右一下
仍然是忧郁的“人”字

我要到天空去捕鱼。

鸟叫

鸟的叫声里有沙发、光线、窗户
我们各求所需
鸟的叫声里，有救护车、轮渡、弯道
树枝在上
我们在下

鸟啊，一直忽上忽下……在鸣叫。

三次，以及樱花

有三次，我看见樱花要飞。
有三次，樱花分饰三人：你，我，他。

有三次，春雷响过
屋顶生长雨水，死去的人
在梦中，鲜活的脸

告诉我生的意义

雨水闪如勋章。

——我在中年。我看见
樱花飞
樱花落下：你们，我们，和他们。

梅花饮水

你要帮助梅花说话，梅花俯身
向水，它渴
你要帮助“渴”说话，“渴”中有喉咙
喉咙里
霾、灰尘、冒烟的四季
你要为喉咙说话，梅花饮水，梅花饮水时
风从山那边过来，一直在场
它呜咽
——你要为呜咽说话

河水带着一切向前，梅花饮水
似老者，孩童……

更高的苍穹之上，有人调好琴弦
琴声四起：

你。要为这琴声说话。

橘子红了

和满山的橘子为敌，就是
和满山苦楚的红
为敌，事到如今我见过
海水浑浊，泥沙俱下，越来越像我们
没有脾气的父亲和母亲，越来越像
我们自身，他们日日
用黄沙洗面，为的是
和湛蓝近一些，和清澈
更近一些

——我们也是。我们
也在黄昏，看云层移动
如世事变幻

我们也在日暮时分，看见橘子红了
我们也是默默下山，看见
满山的橘子
红了，那么安静

……那么安静的红呵，和跌落
向丛林深处

我的事……

给石头一个心跳，是昆虫
做的事，石头想飞
昆虫想停下就不走了，再力花
一生泥泞
用再多的力气
也去不了水上的天堂
这都是
母草不知所措的事
我也有一二事。河流越流越窄
河流怒骨，冲撞
一碎再碎
白鹡鸰居无定所，推土机后面
一退再退

我的事，我的事是按住
一首冒烟的诗。

喜马拉雅山

和我交谈的鹰，带着雪的光芒
俯冲向下，阿布说
我们是有福的，看见雪山上日出
是有福的
有一刻我确信喜马拉雅山上
住着神灵
就在我看见，与未见之间
而和我交谈的鹰
继续
俯冲直下，向着比雪山更苍茫的人世——

一位尼泊尔男孩，他和我不同
他和我，我身上的
尘土不同啊——

清澈的眼神：住满了雪山、湖泊、太阳
以及我

……前所未有的宁静。

武雷公

叶　琛

辛　夷

江　榕

宋憩园

洪光越

王一萍

陈有膑

宋　煜

李才豪

风

云

草木垂首，陡然变凉的天气
摇动着无声荡漾的大地
你仿佛是一种气氛，让我所剩不多的爱
奇迹般地活了下来

T h e c h a n g e s o f w i n d

武雷公的诗

武雷公

原名武贵民，生于内蒙古太仆寺旗东沟村，青年诗人。2003 年开始写作诗歌至今，有部分作品发表于《诗收获》《诗日历》《北京文学》《山东文学》《北方作家》《草原》及各年度诗歌选本等。

夜鸟

几只夜鸟栖歇在枝丫
并在月光为大地的安乐而祈祷的时刻
疲累的眼皮闭合了世界的门
黯黑的夜色允许鸟们
拄着拐杖去梦的集市
收集一些天使破旧而变卖的翅膀
它们一动不动像安置于树梢的石头
它们收拢了翅膀，像石头的罪过
需要羽毛的火热在挨月亮
稍近一点的地点制造忏悔
时间在我的窗口老去
我的手颤抖着像一个命运讪笑着
抖动肩头
为了活得更好，我只能像
刚刚诞生的天使那样好
我的目光递过去
一根光滑而把刺剔掉的拐杖
无论谁拄着它
都会感到土地的松软和亲切
而这个时候我是幸福的
因为我递去的拐杖神迹般地援助了我自己
几只夜鸟
拄着拐杖修缮天堂，在黑夜
给了我盲人的眼睛

母亲的疾病

天阴着，仍没有下雨
我的心情也还是去年冬天炉灰的颜色
母亲病着
她凹陷、惨白的面孔扭曲着我的忧悒
我呆滞的目光经常枕着白昼走神的凝思
父亲卖掉捡来的废品又在睡梦中
把地垄上的野草割掉。镰刀
让他又壮年了一次
而母亲省吃俭用为了医病
在我焦虑的梦中她看到自己快要死去
祈祷，是我为自己开的药
至高无上的神至今晚仍像可怜的狗
走在雪地上

我的爱人美如秋色

我的爱人隐忍貌似低谷的坚石
她的眼泪羸弱，愉悦的时刻
大雾洗涤层峦
层峦之外，山脉无穷尽
其间有一潭湖泊，住着她的故乡
我的爱人美如秋色
红叶的植被，在异乡沿途燃烧娴静
我的爱人从姑娘快要被喊老娘啦
从她脸上撕下的面膜
又敷在了我耸满胡茬的脸上
她说这是在节约衰老
我的爱人号啕过，流泪过
这都是我真实的过错
我的爱人真的美如秋色
泪水泛黄了
也就暖了

山冈

像每个人熟知的那样，家乡的山冈
挨神最近，即使它矮得只够得着炊烟
像大家都知道而闭口不谈的那样
无论谁曾像英雄们独占哪座山冈
并像一块巨石压过山顶

最终
像先祖们那样
又被石头压在下面
而
像所有的屋顶那样只有当月光厚重得像史书一样
才能够得着
那些像铁锅倒扣的石头
那些不像山冈的山冈

书房札记

这些从外省寄达的书
很快栖息在我的斗室
它们在我的注视下，抖了抖翅膀
羽毛，就抖落了春水
而我偏偏是一个痴迷幻想
在太阳的光线上，筑造房屋的民工
凭着三流的技能，把书
视为砖块。码上了，瞅了瞅
摇了摇头，又把它取了下来
我这样不厌其烦重复着
直至某天，一本书掉下来
砸向我的头顶，铿锵落地
我看到扉页中，有的文字
在掉毛。我羞愧极了
凭着三流的手，让那么多的书
都磨起了茧子

那一年

那一年，娘把我生在了深秋
落日余晖映照的土炕上
娘渴望我被最后的阳光清洗
一生被光辉照耀
从此，娘用一生守住这个矮小的村庄
她耗费了太多的慈爱
把我养大，养成一个苍老的儿子
那一年，小麦歉收
娘手中攥不住养命的麦粒
被秋风吹凉的手，攥不住
养命的麦粒
她的腹中空空，田地空望
那一年，严冬寒冷
娘用爹的羊皮袄把我裹严
北风咆哮，塞北
大雪封山，娘抱着我
就像守着供她取暖的小火炉

小米粥

叔伯们和他们的大哥，我的父亲
天不亮就提着镰刀走了

祖父的背，驼得比那根嘎鸣作响的扁担
更接近尘土飞扬的地面
天不亮他就沿着一条逼仄的陡峭小路
下山谷了。当当的桶响
吵醒了村子里的犬吠
山谷下有一口浅井，他一瓢一瓢
往桶里舀水。俯身跪在那里
也舀进了星星和叔伯们年轻气盛的镰刀

我们的祖母把孩子们都喊醒
掀开偌大的锅盖
……金灿灿的、鼓囊囊的太阳出来了

叶琛的诗

叶琛

浙江庆元人。作品见于《诗刊》《星星》《散文》《江南》等文学核心期刊。著有诗集《窗外的雨都是我的听众》，散文集《在雨中叙事》入选浙江省青年作家“新荷文丛”扶持，获浙江省文学期刊创作成果奖、浙江省新荷人才潜力作家奖等奖项。现居浙江丽水。

细细地听

听，花朵附近
梦被什么折弯了。傍晚从一条曲线经过
我并没有留意
归鸟划过天际的孤独。郊外
我松脱得像一个张开的野栗
被弃于偏角

我意识到
城墟之上，容易碰伤的
何止你我。于是我便轻轻坐了下来
侧耳倾听——临近黑暗的负重
挤碎一颗晚露之时
一片寂静
仿佛也在你我之间相互寻找

归宿感

归，不过只是一个幌子，它借柔软
唤醒抒情。不可触及的事物
瞬间在动词里安静下来，像一声喝止
压低故乡的天空

用盈盈山水取悦铺展的暮色之人是我
用花香暗渡旧梦之人是我
万物的造访
把漂泊打开得极其辽阔

生活的流里，我喜欢动用一种感觉
来搬动周遭的隐匿
也常常扑通一声，跳进浓郁的月光
晾晒暗处的风景

宿命不过是田埂上晚收的豆子吧
爆裂的一声绝响赤身向大地交出
金色种子的全部母性。这既定的奔赴呵
就此拥有了
全新的一生

雨

日子多像一只罐子啊
庭院深深而围墙高耸。这热情的建筑
是最真实的依靠。在深渊和彼岸之间
一阵迷路的雨
成了通连的小桥。而我
像是走在罐子内部的人，用顺从
收紧命运的包围
并说出心中的事物：抽屉、梯子
朴实无华的梦，好像也成为
被苦苦等待的事情。我何以抵抗呢
这些在罐壁深入的雨水呀。这么多
无限向下攀升的泪

夜雨

夜晚忽然变得黏稠起来
暗光、浑浊都含混在
横冲直撞的吞噬里

一切都在加剧重量：呼吸、脚步、言辞
设法逃脱的落叶旋转着

穿行的伞向各自的方向
搬动一颗一颗
无力挽留的坠落

转角处
卖西瓜的小三轮像一个孤零零的孩子
走失在黑暗中

我倚在窗边像是窗户的一部分
窗外，越来越多的雨
不顾一切将自己迎头击碎

独自入夜

时常会在无眠之夜
想起一列远行的火车
想起美丽的人儿；想起一株小植物
慢慢地在春天打开

整个世界茫然无边
我屈指数着荒旧的日子
恨意漫长，四野飘荡
心中的挽歌，黄昏摇摇欲坠

星空下
寂静与寂静交换相同的命运
我与空悬的忧伤交换暗自攒起的
一点荒凉

摸一摸身体
已没有多少东西可以交还大地了
群山随时准备孤独
我知道，一旦有风吹来
细碎的伤害，就会洒满人间

对吟者之秋

我想和你谈谈这秋天的锈迹
彼时，风翻过屋顶，浆果有骄傲的稠密
我想和你谈谈肆意的阳光

纸上之悲与你何干？幽林与麋鹿
有走不完的山野小径
我有很多萋萋的孤单和不清不楚的往事
来一声叹息好不好？来，让我们
一起：一二三，嗳……让缺憾与缺憾
形成一种单打独斗的关系
让失眠成为漫漫长夜的过渡句
让星星的寂寥满足一个人的全部渴望

草木垂首，陡然变凉的天气
摇动着无声荡漾的大地
你仿佛是一种气氛，让我所剩不多的爱
奇迹般地活了下来

小镇月光

应该有一片空地，纯白的光落在树影里
应该有一种情节可以凭窗
天空中，云为星星退让
那些轻轻闪烁的让人心生悲悯

山峦寂静
想说出的，不过是风吹得发白的
沉默之人身披莹莹露水，在细枝上
悬挂困顿与不安

应该没那么单调。月光
也许安排了善意，旧词若即若离
绕行的溪流
流经岸石却不说话。鸣虫踮起脚尖
仿若在等夜晚的重新定义

应该更冷一些，让落叶、枯井、旷野
都冷出痕迹

辛夷的诗

辛夷

本名张泽鑫，1988年生，揭阳人。著有诗集《身体是礁石》。组诗发表于《诗刊》《星星》《草堂》《作品》等刊，并入多种重要年选。曾入围“华文青年诗人奖”，获中国诗歌学会“公益好诗歌银奖”、粤东诗歌创作突破奖等。

旅途之诗

下楼遇见你和月光
在庭院共鸣。很偶然地
我发现，自己像一只穿越激流的
竹筏。缓缓，靠向你
聚拢的宁静。这是生命里
毫不起眼的一夜，谈笑没有浪花
葡萄没有诱惑爱情生长。旅途中
初尝的黄梅酒、桑葚酒、荔枝酒，还有
草莓酒及山楂酒，依次摆开
光阴顺着梯子滑落。一只萤火虫
一次相遇，从这扇门经过
即转向遗忘。我领悟到这些
蘸酒写下：回忆，是镜子里
现身的陌生感

错觉的海

一个被错觉风暴席卷的黄昏
旅行人——脱离算法欺骗，和旧我
累积的夏天。一片，湿而蓝的海
让不确定性，轰隆隆，碾过经验

他梦到水草缠绕名字，珊瑚完整保存着
超标重金属。大海递来经久不息的歧义
人和浪花的距离加速向陌生，随后，暮色张开网
下午六点半，海鸥和灯塔游进那背景

旅行人漂浮的记忆点亮了荒谬
沙子。冰凉。腥。
他在海风中继承人的渺小
大海的未解之谜延长了童话的有效期

那一夜的星空没有守门人

那一夜的星空没有守门人
她完成了
旅途中最后一次落地
脸像花朵瞬间枯萎
呼吸静止
凝聚在她身上的灯光
多次让我产生幻象
她虚弱的一生
就这么一笔勾销了
我很清楚房间里的气味
叫死亡
很快
她的身体被转移到祠堂
十八年前
祠堂破旧，没有通电
夜里
我从前厅醒来，经过天井
到后厅，给她续香
我知道
奶奶已被黑暗瓜分
她连影子的自主权都丧失了
结实的黑暗里
只有香火像漏网之鱼
还在跃动着

立春日

这个春天已被寂静接管
鸟鸣没有产生多余的诗意
山冈上，芦苇连同夕阳
也被隔离在村外，河流播放的昨日

有人连名字也没有留下
就告别了世界，有人在悲伤中
向着黑夜哭泣，可我不能提起
他们锋刃般的眼泪，那样我会听到
高山和大海的颤抖，我也不能
让凋零的叶子重返枝头，人是脆弱的
芦苇，我们又一次认识了自身的
渺小与局限性，在这个
拒绝修辞的春天，我们咽下
苦难的铁钉，我们流泪
一半由于感动，一半因为悲伤

春日，登神柏岭

春寒带雨。午睡后独登神柏岭
落叶满坡，呼吸雨后泥土的清新
大概因为苦日多，我见柏树瘦如贾岛
峭立，对人世持隔岸观火之态

在我的梦里，此山永是红尘之外
独与天地往来的隐者。在现实也几近
终老一生只在时间里修词语炼金术的墨客
桃红柳绿，暗香浮动，独织青黄

春日，不宜谈乱世，别离，和烽火
斜剪天灰的燕子，是杜甫寄来的平安书
枝头上的风，毫无裂碑之力
往事抱着岑寂沿途开出无名野花

春日的苦闷止于无为，止于草木内部
小小的光。下山者将在雕龙文字重新远游

雨中行

雨从白下到黑
雷声未止
行人和积水
一点点扑向玻璃
雨刮器的速度越来越快
人民北路的今天
模糊很难刮除干净
幸好那些伞有颜色
经过公园，展览中心，医院，服装城
戏剧院就在附近了

看到一株草想不起它的名字

实话告诉你
自从经过旧厂房
看到那株熟悉的野草
我就一直在想它的名字
见在从前肯定见过的
这无疑是今天
步行的意外收获
只是失望，多于惊喜
是什么呢？长在这城市
偏僻角落的植物。我竟然动用
方言，在故乡的版图寻找
和它匹配的草木。当然了
结果一无所获
回来路上下起小雨
雨中
也有很多花草我一无所知
但这并不妨碍它们
很好地活着

江榕的诗

江榕

1988年生，江西南昌人。诗歌见于《诗刊》《扬子江》《中国诗歌》《诗潮》等，有诗集《归去来》，现从事出版。

江榕

夜过青山湖

无数次，我在深夜路过它
这个以路灯和吸光的水
标示自己的湖
从哪个角度，你都只能看见
一块醒目的黑色
在夜的中央，格外坚硬
你甚至可以在光消失的地方
指出它沉默的边界
这样的沉默者已濒临灭绝
风把它轻微的低语递过来
但无人签收。
这个时刻，只有这个时刻
骑车的人从夜色中驶出，又驶入夜色
像一把劈开万物的刀
将万物留在它们原先的位置

寄彭阳

自君别后，久未晤面
白驹皎皎，都涌入江湖
偶尔想念，偶尔饮酒
偶尔摆出一排江小白，像一串炸弹
但味道越来越淡
给过你一次电话，你回拨一次
聊分别后的过往、新爱上的姑娘
第二次，又推翻前文，都是酒话
你晋身为父亲，我还是老样子
在自己的方寸间打转
像一个隐世的鬼魂。
后来又去过一次"春风十里"
服务员换了一批
没人还记得，那个晦暗的夜晚
一群闷骚的诗人曾以世界杯下酒
絮絮叨叨，说些词不达意的话。
雨慢慢落下来，又慢慢平息
豫章故郡，一切都是旧的
唯有我们，是百代之过客

箭术与月光

在一个晚上走几公里
找一片空地射箭
在月光下开弓的那刻
感觉自己暂时地
离开了作为人的肉身
化为一竿被雪
压弯的竹子
看，月光落在弓身，多像一场世事的大雪
落在我的身上。我不决定
什么时候让箭离开
正如谁也无法决定
雪何时离开竹叶
当雪掉落，竹子恢复原先的姿态
就只有一个人拥有
它曾经屈身的记忆

风

他说，风都是从天空来的
我说，风也可以是从树梢上
那些嫩绿的巢里孵出的
和孩子们较真什么呢？
女儿还说风
永远都在地球上，一直孤独地
吹啊，吹

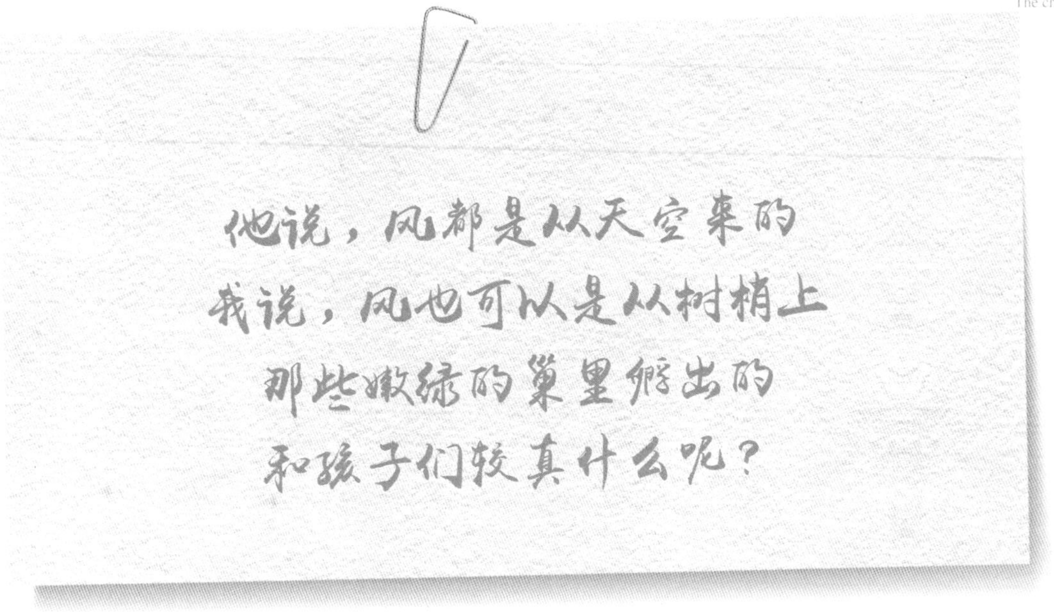

写诗，一些词

很奇怪
一些词突然出现
像隐秘的枪手
狙击，打穿的窗户
缉捕凶手时，又
消失不见

这个春天正在飞速流逝

步行四公里去看一家老店
确定它尚未复工
返回的路上，看见梨花快要谢尽
似乎总是这样，想起你
我就把准备好的自己
又准备了一遍

田螺姑娘

小时候读书，最喜欢志怪
温柔的姑娘躲在螺壳里
清晨出来，操持家务
鸡栖于埘，羊牛下来
就回到自己的水缸。
我特别渴望有个这样的姑娘，我想
我会把她捧在手心，不让她劈柴生火
和她周游世界
有一天，我忽然翻到
女儿出生时的照片
她裹在厚厚的襁褓里，恬静地睡眠
多像一枚洁白安静的螺肉
呵，我的田螺姑娘
我那顽皮到头疼，喜欢爱莎公主
正在玩厨房玩具的田螺姑娘
未来，你会潜入哪个臭小子的水缸？

宋憩园的诗

宋憩园

1985 年生，安徽怀远人。现居上海。

石头在水中

以前除了工作，就是写作。
现在，我更喜欢和乐宝走走。
在河边。把人世的欲望
变成水。乐宝有时淘气
抓起石子扔到水中。他认为，
“石头在说话”。他会突然
邀请我加入这种游戏。对于孩子
“游戏随处可见”。对于大人
游戏隐藏于心中。我们继续走着
我牵着乐宝的小手，像一种命运
随时间越来越沉重，石头沉在水中。

向陶渊明致敬

这段时间是我最不会写诗的时间。
看什么都感觉恍惚，写下来还是
恍惚复恍惚。我不知这么做
会不会破坏我一直信奉之物。
我信奉均衡。

像蹦极
我慢慢让自己避免。
在一棵植物上会花去一刻钟
这样也不能说我对事业并无斗志
夜深人静我把自己芒果般抛出去。

我渴望
在黄浦江上熟睡的记忆。蓝色的货轮
行驶在东方明珠塔第二个球体注视的方向。
我的睡眠
是巨大而安静的球体。
我真心感到自己不会写诗了。
像我再也回不到饥饿的童年。
我想回到田野
盖一栋房子。种菜养鸡漫步。
永远不是虚张声势地活着。

三十五岁

凌晨四点，
父亲在副驾睡着了。
还有几个和父亲差不多
年纪的工人在后排睡着。
车愈少，路愈显宽阔。
好像一脚油门就能到你
想要抵达的任何地方。
我想要一直这么开着
没有目的也不必考虑其他。
父亲睡着了。在梦里
像古诗里的庭院。我醒着
并努力唤醒那个更强大的儿子。
再也不是只在现代诗里犹疑。

本来的我

干活的工人知道我是一个诗人。
他们一边说着佩服一边又犹疑：
为什么不写诗，反而来工地干活？
好像写诗是一门职业。

好像写诗比干活舒服似的。
这里那么多树为什么没有我喜欢的

棕榈树。我望着楼顶上的宇宙
两栋楼之间的天空，立体主义的蓝色。

我想起刚来这里的那一个月
每晚都要出去跑步。接下来的几个月
我的活动半径是周边五公里。
五公里之外的地方我懒得移动。

遑论更远的距离，像树懒。
早晨的日子我是我们。
晚上的日子我是我们中的我。
诗的放大镜，比一颗星星更擅长隐藏。

保安说，他其实不是保安。
我也不是诗人。我们都是单一的词。
他不再往下说了。一个石榴，在他的右手里。
石榴籽露出来的那面朝上。红艳艳的寂静。

走路

我是一个喜欢走路的诗人。
你是散步。我不是
走路和散步不一样。
走路的纯粹让人心生欢喜。

早上的，傍晚的，凌晨的
不同时刻爱与被爱。
十八岁的，二十五岁的，四十七岁的
我都和她们交换过月亮。

但不说话。走起路来我是认真的。
我可以不停地走，也可以走走停停。
我喜欢接触地面上的东西：
硬度的，明亮的，湿润的。

远不止于此。走路拒绝任何人
是一个人。走路就是走路
不是走别的，和别的人走
也不是为了微信运动。

走累了，我坐下来。
天上飞的，水里游的，梦游的
感官世界。当我走起来的时候
路变得绵延。不能飞也不能游过去。

感性说服

我习惯了和植物一起，保持
理性的距离。偶尔我也会
越过边际，思考人类和植物
该如何沟通？相互挨着。

结香开花，先于叶子。
冬日的一个下午，阳光
照着我的一半，也照着它的
世界有我们的完整形式。

宽阔的旷野，除了树木
还是树木。树木多了就是森林
情人从记忆里流淌出来
又在森林里凝固起来。

空气冷得需要拥抱。
河面上的水鸭
在我的注视下缓慢成一种醒觉
我终于和野鸭子同时在宁静中。

洪光越的诗

洪光越

男，1993 年生于海南澄迈，参加第 34 届青春诗会，获 2016 澄迈 · 诗探索奖青年诗人奖，出版诗集《草莓草莓》。

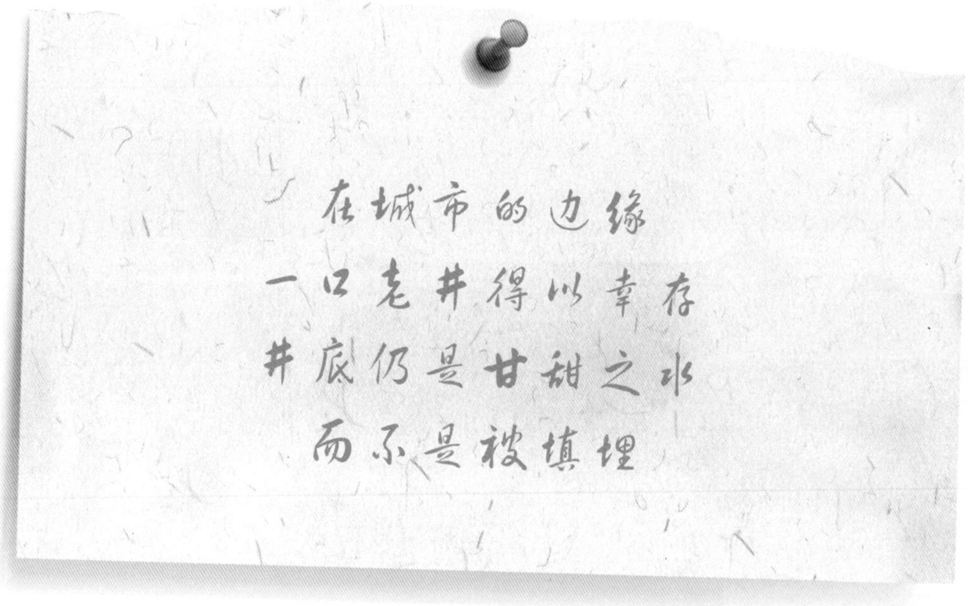

孤独的树

在我居住的海边
人工种植着许多大树
每当我下班后经过那里
它们落下的树荫
摊开在公路上
像谁涂抹的暗灰色
在这些树上我未见过
有鸟类落脚或翩然起飞
它们在保持孤独的姿态
可当风暴从海面上来
工人砍下它们的手脚
只剩一副瘦小的骨架时
人们才觉得这些树孤独了

暴雨

天刚亮　暴雨就如注
我们看着这场雨
下在海平面　下在荒草地
它们急促下降　就像它们
急停一样　非我们能控制
我们在清晨看雨
看见雨的上空　一团黑云
正在稀释　一种声音
穿过玻璃窗　被我们听见
夏日的雨不能伤感人心

它们只是下降的过程
从黑云下到大地黑暗中
我们无法看见的地方

树丛和大海

离我不远是苦楝树丛
再过去一些是大海
介于两者之间的沙地
我无法丈量出它的荒凉
过去我从窗口眺望
常在树尖上看见大海
泛着白光而夜晚
大海会先于树丛消失
也是夜晚我在黑暗中
看到树丛越来越清晰

雨中过客

我驱车沿盘山公路上山
常常在半山腰
遇上暴雨，它们爆裂的脾气
有时会逼迫我停车
在某农舍里休息一阵
看它们表演，但大多时候
我像一名过客冒雨前行
不关心雨中发生的任何事情
有一次，我下乡采访
在那受村碰上送葬队伍
那时我们都是雨中赶路的人
唯一的区别是，我在人世
他在离开人世的路上

海之眼

在漫长的夏日
我常来到海边消暑
常见到一双海之眼
在水底缓慢闭合
当光线穿透海平面
直直下到黑暗的深沟
它会因惊慌而消失
我更多是傍晚时看到它
躲在无人的浅海
盯着岸上新奇的事物
有时从远处袭来波浪
这双海之眼受到冲击
会瞬间化成浑浊之水
随后又恢复眼睛的形状
比之前更为明亮
海之眼常常抚慰着我
在漫长的夜晚
它总会退到深海区
在风平浪静和宽阔之地
浮起潮湿的双眼

井口

去年冬天
我们同时发现
楼下的荒地上突然
多出一口老井

井口高出地面一截
旧旧的有些孤寂
夜色降临
我们很难再望见

在城市的边缘
一口老井得以幸存
井底仍是甘甜之水
而不是被填埋

但我从未靠近它
只是远远望着井口
周边的草木
在慢慢盖过它

王一萍的诗

王一萍

女，“80后”，江苏省作家协会会员。诗作散见于《诗刊》《扬子江诗刊》《星星诗刊》《北方文学》等。居江苏建湖。

江水之上

我讶异于江水的不平静
从木质的窗棂，俯身回望
这些燃烧的水花诞生于
底部的陡峭
与多舛的命运
同样的，
一颗澎湃之心在你的眼里尽是火焰
当我对着水，再一次寻求答案
你伸出一双打磨过数年的手指
右手的小指是蜷缩的婴儿
深深地低头。
奇迹就是这样的
这双手数着树木的绿芽，稻米的外衣
佛像的慈眉和善目
为酣睡的蚂蚁盖上落叶
为天空坠落的事物描述过遥远
现在，两双手数着星辰
直到不平静的江面诞生出更深的
不平静

时差

不断地反刍那时明月
风雨，和暗色的时差
那句“我——”，被
钢铁的墙壁阻隔成两截

后续的花瓣不是花瓣
水上的行船是一只孤独的小兽
我知道白天的太阳，在夜晚
会睡意连绵，进入梦乡的轨迹

一个人分饰两角
重新做回城堡中的难民
于你，是明月又圆了一次
于我，是丢失的小羊
在舔舐自己小小的漏洞

我始终挖不出一口深井

我开始学着挖地
拿着一把小锹子
我挖出蚂蚁窝，蚯蚓，蝉蛹
熟睡的青蛙，看起来呆呆的
我和它们打招呼，如果赖着不走
我就驱赶它们
我要挖一口深井
秋天的风声越来越紧
白霜在来临的路上
母亲的额头落满珍珠
一条给我们带来浪花的小河
眉头即将紧锁
我需要一个温暖的院落
母亲的双手光滑细腻，腰身挺拔
她在收藏果子和黄叶
她舀一瓢清水倒进井口
源源不断的温水啊，从井底涌出
呼呼地吐着冬天的气息

向南

向南，是这个小县城的走向

也是我傍水而行的方向
有时，
会遇到一棵榉树
它的脸部光滑，顺着纹路滑下去
连风都变得细腻了
有时，会遇到还没有结出浆果的金丝桃花
瘦瘦的小身子
挨挨挤挤地，头靠着头
每一棵都举着小火把，取暖
风吹乱我的头发
昨天的合欢花开得多好啊
今天，褪色的我
惊飞一只落单的乌鸫
想起昨天的傍晚，没有风
天空蓝得让人喘不过气来
树枝有美妙的歌喉。我忘记
我们之间的山水
有时，会想起你在不远的前方
等我
你说，喜欢江南
我一路向南，走着
河水多么安详啊
风从北方来
我的心里住着那么多的风

杜鹃

我说的杜鹃不是布谷鸟
在深夜，它发出四声

它用足尖在树林里写意一个王国
然后，与美梦成真保持了刻骨的距离

我说的杜鹃，翅膀上没有白帆
隔了一年，我又听到它对黑暗的临摹
不是你说的，某种虚无
悬在一半乌青，一半空乏的夜晚

四声送我一栋叹息的房子
重复陪我等待一辆钢铁的长方体

黎明是一个浅色的站台
我的羽毛轻飘飘地，随着下车的人群

白头秋水

霜降之夜，秋水开始白头
水边的屋脊染了素发
一只落单的黑鸟从头顶飞过
黄色的尖喙，低叫一声
和我擦身而过。来不及白头
我知道它的名字叫黑
是秋水白发上的淡痣一点
对于水边的芦荻
它们是旧相识
那些绿衣裳，绽开和崩裂的花丛
我是曾经唯一的听众
一曲哆来咪
跳跃在芦荻的节点之上
此时，白色音阶盛开在水面
秋的素白暂居芦荻的头顶
水，被一群挨挨挤挤的脑袋遮住门楣
夕阳也加入黄昏的拥堵
你捂紧胸口的荒漠
透过黄，白，绿
黑鸟的披风
我爱上一片须发花白的金子

陈有膑的诗

陈有膑

1990 年生于海南岛儋州，
现居海南岛海口。

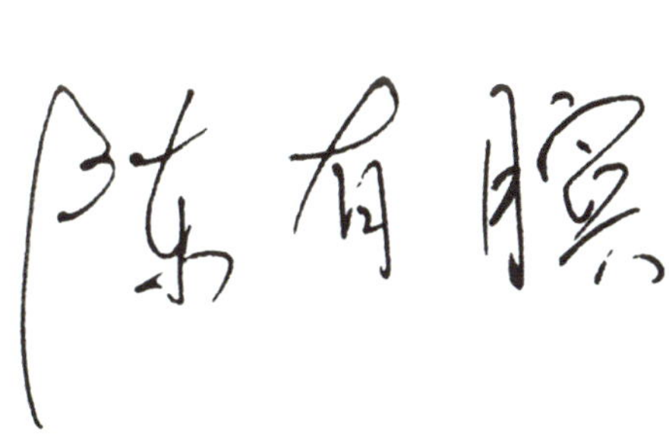

幸福

清晨
我被一种温柔的触摸惊醒
一岁零一月的儿子
一边用软糯糯的手抓挠我的脸
使劲将整个小小的身体爬到我身上
一边稚嫩地叫我爸爸

感谢这一切
为了让每个迷途者找到回故乡的路
孩子就会来到他的世界

傍晚，我和妻子在海边散步

傍晚，我和妻子在海边散步
在松软的沙滩上
走得有些吃力、缓慢
但妻子坚持再多走一走
她双手托起隆起的肚子
我一只手托住她的后腰
我们沿着海岸线
与大海并行走着
海浪翻腾而来
在浪峰抬起白色的舞鞋
它们有各自的路途
渐渐地，我们
已经离开人群很远的距离了
妻子忽然站住，说往回走吧
转身返回时
海浪已经冲刷掉
我们的脚印
夕阳已经沉落大海
仍以温暖的余晖照耀着我们
此时，大海怀抱着红日
而我妻子的肚子里
正在孕育着一个秘密
我们紧紧依靠
缓慢地走着
分享着这巨大的喜悦
我们知道
多年以后
一双新的脚印
又踩在同样的沙滩上
到达我们曾经
去到过的很远的海边
而他也许并不知道

在乡下，劳作者的星空

出逃的人们让出了空间
草木长到了道路、围墙和门前
草木在这时候不分高低贵贱
都在一个劲地疯长
楼房都是新盖的，但空荡无人
每家大厅里供着一台香炉，但香火寥寥
而共用的村神高居在豪华的祠堂里
斑驳的脸庞已蒙着厚厚的灰尘
怒目圆瞪里还保存着一丝寂寞的威严
人们在逢年过节才蜂拥而来

带着丰盛的祭品，在神的面前讨要过分的庇佑
平时，在傍晚，才看见稀少晚归的劳作者
他们回到家中，偌大的村子才亮起几盏灯火
更多亮起的，则是天空中的繁星
蛙叫，虫鸣，吹过草尖和树叶的晚风
齐整地在巨大的寂静里鸣响
万物都遵循着大地的秩序
劳作了一天，吃过了简单的晚饭的人
这时候坐在院子里
抬头望了望头顶上的星空
怀着最后的敬畏和慈悲

傍晚，奶奶提着一只红色水桶回家

奶奶给菜地浇好了水
提着一只红色的水桶回家
她年事已高，体力不支
一次只能提着半桶水

她的菜地已经很窄小
一片宽阔的平整的好地
她只整理出短短的三垄
（剩下的长着高高的杂草）
但浇水却花了一整个下午

我在村前遇见了她
她的半边裤腿已湿透
桶里放着几棵白嫩的蔬菜
仿佛一个乡下老人
干净穷白的一生

暮色下的村道
奶奶渐渐走远
她手中的红色水桶像一盏灯
在渐渐四合的夜幕中亮起

我在抚摸一盏生命的灯火

很多事物已经静静地回到家中
在黑夜里奔波的这时也暂时停下疲惫的脚步
他们在辽阔的黑暗中
抬头仰望繁星如织的星空
让闪现的星光抚慰一下疲惫的心灵
天空因为星光而有了边际
宛若家里的客厅
给予他们安全的庇护
而已经在大地上熟睡的事物侧一侧身
隐隐露出他们微亮的身躯
他们的鼾声与微亮的身躯也让大地有了边际
让枯坐在黑暗中的我的沉思和目光有了去处
我起身回到了妻子的身边
我的妻子侧身而眠
她弱小的身躯也是我要抵达的边际
我从背后环抱她轻轻抚摸她隆起的肚子
我在抚摸一盏生命的灯火

宋煜的诗

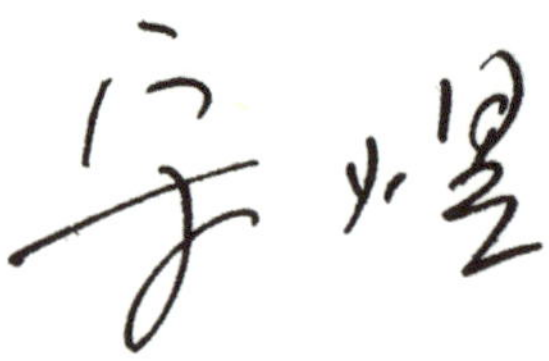

宋煜

“80后”，河北人，曾出版长篇小说《穿越玫瑰》，主编《来不及拥抱》等书，2018年开始诗歌写作，有组诗在《星星》《诗潮》《扬子江》《草堂》《诗选刊》等刊物发表。

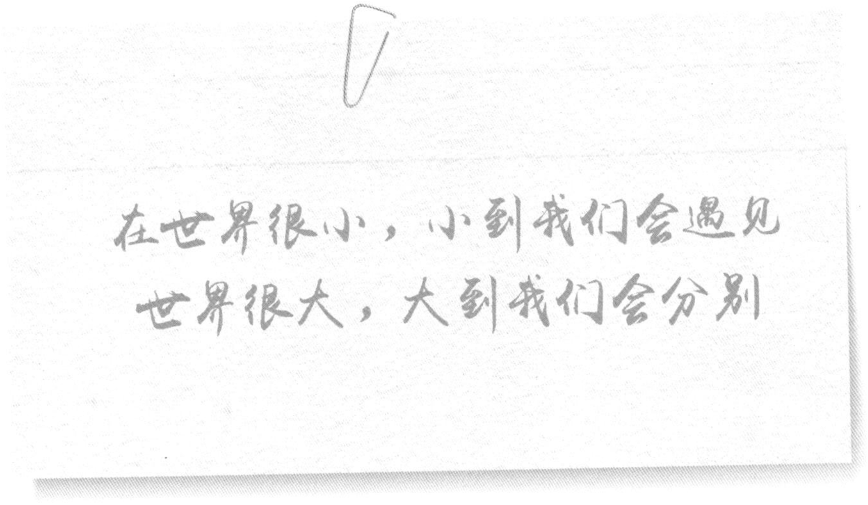

两只打火机

两只打火机
并排放在一起
——坏脾气的家伙
此刻是安静的
像未开启的酒，暂时
忘掉体内的火
两只打火机
不再扮演咬人的狮子，也不
想着引火烧身，甚至不代表
谁的意志，不做
对方的引线
它们并排放在一起
秘密一样安静

蜗牛

同事送一只蜗牛给我
并解释蜗牛乃雌雄同体
一只即为多只
这只蜗牛体格硕大
壳呈深褐色，而软体洁白如玉
她说她家里现在已到处爬满蜗牛
——如何理解一只蜗牛的快和慢?
我盯着这只匍匐在白菜叶上的蜗牛
这行动迟缓的负重之物在浑然不觉间
开始在我眼前分裂和复制出
更多的蜗牛，它将侵占
我生活的间隙，在我梦中
黏腻爬行，也在脚底发出
嘎嘣的脆响

童年夏日

我认出了它们。在街角
一辆儿时的木板车上
一面面绿色的小鼓，敲响
红色的声音。那时候
我和我的父亲累了倦了
步履缓慢，从田间扛回
锄头和落日，噢，落日
它多像一颗西瓜的良心
——生活困顿，但内心
仍在歌唱：生活种种
甘之若饴
直到多年后，我拥有过许多
也不得不舍弃难以舍弃的

太多事物，已被表皮所遮蔽
但我仍在回想，那贫困的童年
生活，和为之歌唱的勇气。

鸢尾花

比天空的蓝更蓝
比画家的忧郁还浓烈
锈蚀的肺部层层剥开
掉落金属的回声
暴雨雷电来临之前
已被季节提前收割
蓝色之泉藏身于
面目可疑的绿色间
我在暗下来的房间独坐
雨水敲打窗台，蝴蝶
透明的翅膀
轻轻打开又阖上
像圣雷米的鸢尾
丢失的呼吸器官
像我张开口却
发不出声音的
那一瞬

当我想你的时候

当我想你的时候
我种一株鹤望兰
如今鹤未来，它的
脚下已铺满酢浆草
酢浆草更早开了
粉红的花盘
像小小的渴望
有时我觉得
有什么东西陪伴就好
像一粒种子的忠诚
它会伴随你，成长
告诉你，相似的日子
又有诸多不同
而一些意外的小分支
让日子变得更加美妙
一株花
如一个行走的时钟
孩子在奔跑，喷泉
响起乐音
我还是会记起，你说
世界很小，小到我们会遇见
世界很大，大到我们会分别
但都不要再伤心了
“我们未说出的，时间
会说出”，别怕
只管向前

合欢花落在……

合欢花落在小区附近
公园的草坪上
它比我描述的还要红
和纤细，像一把小扇子
它凋零后依然保持完美
在六月，被六岁的女儿
轻轻捏起。因为内心拥挤
我们忽略太多
微小的事物，却轻易成为孩子
眼里的主角。她放在鼻子下轻嗅
抬头冲我微笑，她站在阳光里
像另一个被赞美的词

李才豪的诗

李才豪

“80后”，生于海南万宁。作品发表于《海拔》《诗歌月刊》《诗林》《黄河文学》《青年文学》《中国诗歌》《天涯》《十年诗选：2000—2010》《2015中国年度诗歌》《那些中学生喜欢的当代诗歌》等刊物和选本。现居海口。

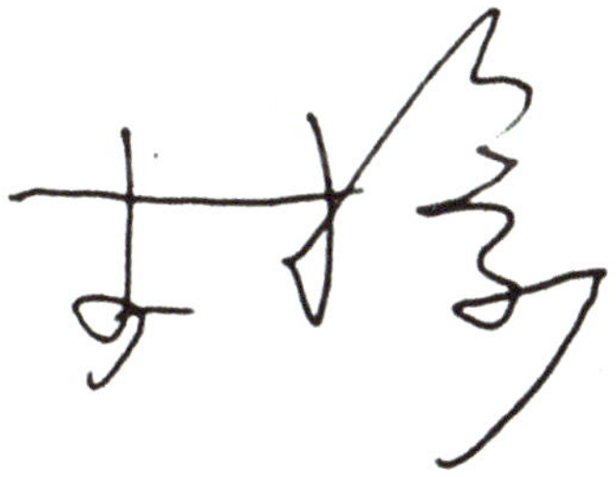

散步者与割胶人

他与我相隔约两百米
两个绿色的小胶桶
宛如两个椰子
悬挂在破旧的摩托车后座的两端
一面红色的小旗子
迎风插在车头
我是一个散步者吗
却没有散步者应有的风采
那会儿，我只是盲目地走着
脸上写满了心事
他把头上的帽子一歪
使劲踩响油门，咻的一下
从我身边拉起一阵风
消失在了前方
这是一个潇洒而自在的人
我相信，是由于他
这个时候，衰颓的日暮余晖
也变得活泼了起来
在山路和橡胶林间，蹿跳着
点点亮光

过道

又有人要离开这里了
就像说，又有人要来这里了一样
又有一个认识的人最终会陌生
就像又会有一个陌生的人来与我们相识
这来来去去的人生，仿佛过道一样
没有谁会觉得多么地惋惜和留恋
也没有谁会觉得多么无所谓
除了我们的内心，没有任何一个地方
留得住任何一个人

过后

突然停了电
黑暗吞噬着房间
我们点上蜡烛
继续闲聊一些话题
你说你以前
是如何如何狠
把自己的弟弟揍得很惨
至今想来
觉得自己是个恶魔
我也顺便说
小时候，有一次
我站在高处
姐姐，站在低处
她惹怒了我
我随手抓起一个瓶子
向她扔去
砸破了她的头
我并未感到
一丝的解气和痛快
事实上
扔出去的那一刻
是一种说不出的难过
“怎么可以这样”

在一支蜡烛的柔光里
我们就是两个
忏悔之人

总有一些这样的时刻

总有一些这样的时刻
无论做什么，都不是什么
他骑着车，转来转去
依然转到了这晦气之地
他迎风而坐，在夜晚的风口里
喝着早已变温的啤酒
啃着卤得过咸的鸭脖
他指着远处，对自己说
看，横跨两岸的大桥上
那些来往奔波的夜车
多么像一团团飘荡的鬼火
总有一些这样的时刻
没有什么是有意义的
即使意义，也不值一提
他重新回到他的狗窝
再次承受着这渐灭的灯火

海岸线

我们骑着小电驴
慢悠悠地移动
闲聊和往事
飘散在空气中
有淡淡的海腥味
椰影摇曳的堤岸上
那些紧紧相拥
厮磨的情侣
他们大大方方
敞露着内心
我们装作没有看见
彼此没有打扰
光线浮动的海域里
每一阵浪潮轰响
都有一朵朵闪亮的
自由表达的浪花

不快乐

你已多久感受不到快乐了
想到，那已是一段漫长的时光
不由低下头羞愧地感叹了一声
“为什么不快乐？”
仿佛有声音在发出质问
你抬起头，向远处看了看
呆滞的脸庞上有着扭曲的光晕
天空笼罩着一片阴雨的灰白
你说不清楚或不愿说出具体的缘由
但这其中必然包含着一些
众所周知的原因

2000 黑　辞

1999 彭　杰

1988 西　左

1997 田凌云

1995 古　轨

1993 丁　薇

1998 余　真

1993 向　晚

1995 钟　钟

1997 安　文

风度

中年这崎岖的戈壁早早飘到了
我的脚底，握手的人
他不能载我纵身一跃
他是原野上假意飞驰的木马
是啤酒里的坚冰
是糊涂的醉话清醒的辩驳

T h e s t y l e o f w i n d

黑辞 的诗

黑 辞 2000年10月生，四川雅安人。

The Summer Wind

小横山

你身上有好闻的泡沫味道。小横山
本来以为不会到达，爱你的人只是爱
隶属于自然的高尚灵觉，花心的人
要立刻停住，回答那块炽铁，青衣江畔
一块严厉的梨花木

午睡篇

我不想拥抱谁，蝉鸣从没停止过
天已经很亮了。楼下有打牌的人
在商量去松山路吃火锅，他们的未来
我能预见，甚至知道他们中间
会烂醉多少人，孤独的风景又会对谁打开
意味着我的过去经历也早被，上一层午休的
陈婧学妹，攥在手心。我趁她发现
几本禁书时的犹疑，把欺骗她放风筝
然后偷喝奶茶的事情，全忘掉
在她想起翻阅时，空就是空，就像什么
也没发生。最近的恶事只有这桩，心安之后
我起身翻冰箱：有豌豆最好，葡萄干
也不错。我再怎么灌注期盼，可没有
也就是没有，失望连接着浩大的天空
被几粒不重要之物轻易转动

祝福

如何用蔷薇的身子取悦一头猛虎，那晚的
唱经声更多更新鲜，我塞上耳朵说这里实在
太远了，上帝的铁链鞭长莫及。邀请你进入
如此感觉后，呼吸从来都像羚羊的飞跃，你描述
死去的祖母看到德国炸弹划过高空，比喻要从
最亲近的人开始说起。时至今日我们共同坐上
一条虚掩漏洞的木船，苔藓的踪迹强烈，怀中
受潮的户口本颤了又颤。船长善开玩笑，抽着
香烟说：你们那么年轻，绝对可以活下去
我紧张的右手，像失去依附的缰绳，从龙骨
最宽的一侧垂落。

立秋

剃了短发之后感到凉意，雅安的天气照旧
五点大雨的双颚锁住进出的宅门，我躺在里面
拒绝所有客人。把右手放在头顶，就像把未来
搭在一张繁忙的桌子上，紧握的事物会在此时落空
忧虑而找不到排解时：寂寞杀人。我这辈子从来
不缺困惑的时刻，雨水极盛光芒竟然从
窗帘的浮沉中鲁莽闯入，令我的侧影薄如标本
复刻对世间的巨大误解。只想不做我的心会烂掉
所以这场雨后我若不必去杭州，一定要把发型大全
和帕斯捷尔纳克的诗，翻出来好好读读

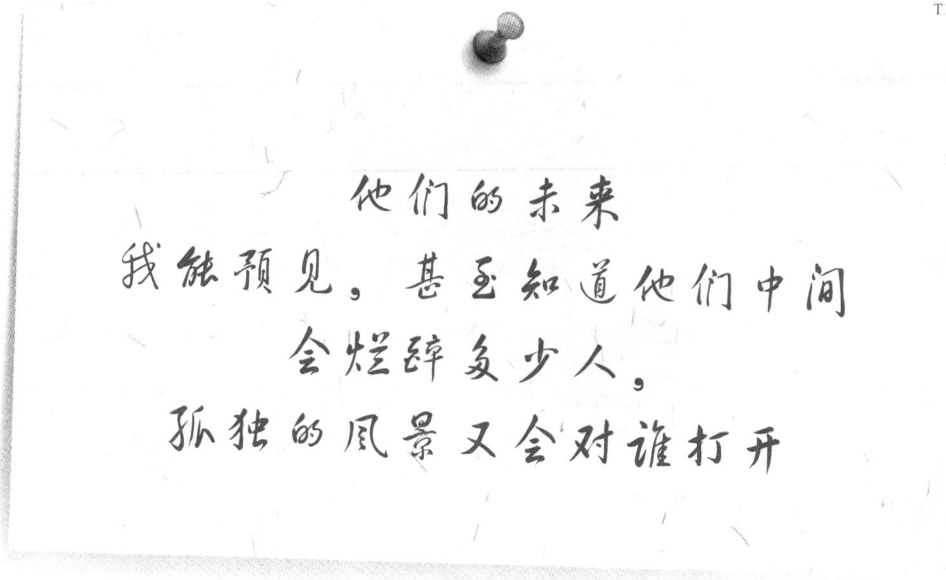

烟溪索引

都市以外如何比喻？一群挺拔的竹子
要吹破我柔弱的耳朵。它们来了：绿色在失火
我们得到的只是丛林下曲折的小径，天空注定
很沉重，一只左手在必要的时候，可以决意
牵着你的右手去高处的野溪游泳

凤凰谷

鲜花在极力开放。大樟树用它全部的黑暗绑住草地外
景区规划中遗漏的名目，细风从废墟这边把影子往回推
如此争夺，令所有的喧嚣都软塌塌

我终于在无主之地摆脱疲惫了，宅基地钟摆状的搬迁
摇动树叶蓊蓊渗落的微光。我躺在传统的木丛之下
思念一只不易被感动的凤凰

逆排序

我见过你焚烧桔梗的动作，浓烈的烟雾
只是你的秘密中微小的一环。噼啪声像哨子
一样走来。我听到你的脚步在我心底打雷

我太在乎你了，以至于在省略火焰后认为
我爱你这句话的顺序，应该是反的

梨花赞美

湖面起沸。你在阵雨迟缓的地方回头
正对我的胸腔。你离开前有此居所
温暖的暗室，一条斜卧的肋骨出走
声如裂帛

离别修剪了我的繁芜
邀你一起变轻，不需遮拦
皮肉触地时。真正的我早就变成空心的

续上龙骨。这船
敛了山色，送你到杭州。去追梨花的残党
它们与你俱是旧相识：旧地点，旧重逢

西左 的诗

西　左　原名赵龙，生于1988年，贵州省赫章县人。贵州省作协会员。作品见《诗刊》《十月》《山花》《星星》《草堂》《牡丹》《中国诗歌》等报刊，入选《中国新诗年鉴》《21世纪贵州诗歌档案》等选本，出版诗集《人间物像》《诗歌打开的天地密码》。

途中

落日完成了它最后的抒情
我所写之处，纸上
暮色苍茫，村落孤寂
搁浅的船只，如疲倦的翅膀
大地上，我们这些为生活
疲于奔命的人皆为走卒
但愿渡河而去的
能在河的那头左右自己的命运

此刻，谁会和我在途中相遇
他也是那个早晨出走时
追逐蝴蝶和花朵的少年
经辽阔的人世
眼睛里，有永不枯竭
象征慈悲的江河
当我们擦肩而过，他肩上的月光
已经换成中年的大雪

那年冬天

那年冬天，我还小
祖父刚刚下葬
有人填土，有人在一旁放鞭炮，诵经
我的父亲，耷拉着脑袋跪在坟前
焚烧纸钱。他没有流泪，他的眼泪
在眼睛的岩石后面
我的母亲跪在父亲身旁，满脸泪水
一座雨水淋湿的花园
我站在离他们不远的树下
寒风吹来
从树枝上落下的积雪
就像神俯身，在我耳边小声说话

你走以后

雨就是雨，没有黑的白的之分
也没如泣如诉。有些嘈杂，但不恼人
将四面庞大的寂静聚拢在狭窄的房间是真的
但不孤独

树叶就是树叶。每一片
不再是新鲜的句子，有关日复一日的思念，深情
一层层堆叠在一起。又一层层落下去
在生活和命运的秋天

月亮就是月亮。尽管曾经照两地
将两个相爱的人照成两口幽深的井水
甘甜，清澈。如今，月亮高悬于头顶

所照之处，又有了新的意义。月亮也照着一些
像我一样，在路上走着走着，突然低头
变得浑浊的人

你走以后，我把大海还给了大海
曾经，大海就是我的心，我的眼睛
满心满眼都是你，绝不让谁取走一滴

天空的倒影

油腻的编织袋装满他们沉重的行李
岁月晒黑的他们内心装满沉重的心事
在高速路上
汽车没有动
动的是路，路旁的树，牛羊，山峦，隧道……

群山如巨大的浪头
伸进云雾深处
成为云雾的一部分。此刻，有雨正在下
湿漉漉的大地，像一块薄冰
万物，皆为天空的倒影

中年

散步时，也不去河边了
河水容易把鞋打湿，岸边的软泥容易把鞋弄脏
不仅仅是因为过了一再被人责怪的年纪
而是那河水过于随意，岸边的软泥也会让我泥足深陷
总觉得出淤泥而不染只是一种品质
要知道，出淤泥而不染者，扎根于淤泥
就算那根是天生的反骨，但在大多时候
用尽天下的沧浪也洗不清
喜欢独处，用孤独做一面镜子，正衣冠
到这个年纪，应有的稳重，四平八稳是要有的
不喜欢站在左边，右边，前边，或者后边
站在中间就好了，可以左右逢源，互帮互助
但绝非八面玲珑，以邻为壑
有三五个知心朋友就够了
春天来时，邀约去看百花开
不过问春天何其明媚，一生有多少悔恨
花开就好了，结不结果也不要紧
冬天来时，去韭菜坪看看飞雪
三两杯淡酒，就可以濯去内心的欲望
人啊，何尝不是山中的草木
春华秋实，都有各自的时候，不必着急
索性，听一听风声，风声中什么都有
也不和自己较劲了。曾经以为自己是太阳
可以照亮，温暖所有人
然而内心，一直都只有一丝光亮
竟然和人到中年的第一根白发相似

想起你时

想起你时
天气一下变暗
刚还在晴空万里
瞬间乌云密布，如同泼墨
雨和天空随时会落下来
我不说：这
多像我们的爱情

我的近旁
竹林在吹它的叶子
簌簌簌
像在替路人倾倒深处骤然的大雪

古轨 的诗

古 轨 原名顿静文，1995 年出生，宁夏固原人。

The Summer Wind

《》

有时候就是这样。
远远地看到
那是一幅图画
凑近了
把它拍下来
却不像那么回事
就像有一次黄昏
在路口等红灯
同行者用两条腿
撑住助力车
举起手机
拍天上的月亮
拉大
复又划小
他放弃了拍摄
他丧气地说
还不如我的眼睛看到的好
你扭一下车柄
往前靠了一点
你说
月亮这么早就出现在了天上
像是感叹
又像是说给他。
“月亮
这么早
就
出现
在了
天上”
一句普通的话
你又默默重复了一遍

遥远与近前

我枕头边
放着一盒叫龙凤呈祥的烟
和一个打火机
下铺是我熟睡的兄弟
我不知道他
今天为什么买了
龙凤呈祥这种烟
我们往常抽的是云烟啊
我有时候
也抽中南海
但是现在我就抽着
龙凤呈祥这种烟。看着窗外
远一点的地方
那些雨雾中的红房子
它居然是
另一个人的理想

破碎与黏合

我躺在二层架子床上
离窗户比较近
我躺着能看到远处的
几座红房子
那也是极其模糊的
外面已经是灰茫茫一片了
那哗啦啦的声音
是成都的雨。我还是比较喜欢成都的雷声
它不是一声脆响
轰隆隆的
甚至有些柔韧
我曾经喜欢的女孩说
她的终极目标就是
住进那种
红色琉璃瓦的矮房子

父亲节

昨晚父亲给我打了电话
我在超市门口看电视
因为嘈杂没有听到
看完之后1点多了
因为太晚我没有回电话
今天中午下班
给父亲打了三次，没人接
刚刚又打了一次，接了
我问吃了吗
他说还没
我说家里还好吧
他说都好
我不知道说啥了
我们都沉默了一下
他开口说，他在内蒙古左旗
我瞬间感觉难受
又明知故问：在那里干吗

雾

我说的是真正的雾
含着淡淡的水分
从山峦
徐降到地面
天地一色

我走在这迷雾之中
跟我年少时的
一些游走
同样盲目

我喜欢这样的感觉
紧张又平和
而我的心
从未产生过
丝毫畏惧

我信赖这干净的渺茫

铁索桥记

那天我们越过铁索桥
去江那边玩。回来的时候
在渔夫家买了些白条鱼
我拎着鱼急匆匆地往回赶
老家伙们还在后面，边走边拍照
我再次返回铁索桥时已经下午
太阳照着脖颈依然发烫
我看到江底浅水处一群人在洗澡
有几个在水里蹿来蹿去
还有几个不知道是刚来
还是已经洗好了，光溜溜的
在江边石头上站着

余真 的诗

余　真　1998 年圣诞日生于重庆江津。作品见于《诗刊》《诗歌月刊》《花城》《星星》《中国校园文学》《长江文艺》等。入选多种选本。参加第九届中国诗歌新发现诗会、第 34 届青春诗会。获大江南北新青年诗人奖、陈子昂青年诗人奖等。著有诗集《小叶榕》。

一天之三

池塘里的蒌蒿茂盛，水鸭在里面游弋
终日埋在俗务里我竟忘了我正在生活之列
金龙村粗壮的老榕树被更换了
我们天空的云已经移到看不见的地方
空下来的时候父亲把我们的房屋修缮
窝在沙发上看翻译腔的诗和电影
研究我们不知所以然的光和美学
直到陈列的旁白充满着我们的生活
我们继续在黑夜的纸箱填充秘而不宣的事件
我曾经属于过一个地址，一具身体
被放在锁好的抽屉让他随意取用
现在他已经死去，他在往事的焚化炉里
没有形象也没有名字，天上不会有星星
树枝不会有断指，我的内脏在体外
原野像涟漪一样荡开，安置着墨绿的鱼群

绿河

我想长在山坡上，充满绿意
下雨我就喝水。干旱我就
被你的体温揉碎。我什么也
不做。我如此被收复我的
死亡静待。我在同一块沙地
展开我生命的撰写和收尾。
我不创造，也不抢夺。
我无处不在又无处可去。
我是你最贴近的臂弯，四季
温柔的泉水。舔着你微痛的
耗时多年，用于苦行的脚趾。

兰

是雨天乌云后的芒，是白墙皮被
一位孤独的行路人溅上的泥渍是我

天上不会有星星
树枝不会有断指，我的内脏在体外
原野像涟漪一样荡开，
安置着墨绿的鱼群

多年来蠢蠢欲动的亵渎，是女人们以
回避的遮遮掩掩的蕾丝布料
傲人的秘辛。是热油的黄昏泼在
青涩的山冈上，山冈上朝颜开着
是成人后枯燥的冬天，我们乏味地
面对灰尘密布的电视，想到朋友已经
很少找到理由聚在一起，所以取出
夜晚之一，用热毯捂着双足
围坐着主语不全的双人床，像古代
促膝长谈的高官和幕僚。我想要你
这样的挚友，像情投意合的
被淌水的幽静的山涧、所傍的兰。

自白

山顶的白栀子这么多年里没有人强调
你的纯洁。我的童年荒诞得像蛇头攒动
痛苦得像蓝花楹将大雨一遍遍
洗掉，我是我无法掌握的
身外之物，我是我一场失败的实验

他

中年这崎岖的戈壁早早飘到了
我的脚底，握手的人
他不能载我纵身一跃
他是原野上假意飞驰的木马
是啤酒里的坚冰
是糊涂的醉话清醒的辩驳
他是消失的母带、下潜的沉船
是彻夜长明的街灯，是
是我梦想的任何一种生活，
也是我任何一种
梦想的破灭。我是他无聊时
的慰藉，寂寞时的消遣
案边的酒壶。随时借阅的
书本。是夹在我肢体中间
那枚神秘的书签，是
写在上面崎岖的歧义丛生的
阅读理解。是任何
一种他遥远的邻居

钟钟 的诗

钟　钟　原名梁忠国。四川万源人，生于1995年。2013年开始习诗，有少量发表于《草堂》《诗歌月刊》《达州日报》《几江诗刊》《大巴山诗刊》《芙蓉锦江》《屏风》等刊物。曾获第三届国际诗酒文化大会“诗意浓香”征文比赛现代诗校园组铜奖，第二届全国乡土诗歌大赛新秀奖。

The Summer Wind

晚遇雪

风雪夜归人不是古汉语才有
十六岁的时候现代性还是隐性
尚不知父亲和我也是两种汉语

石观场的雪夜中
我们踏上同一条归路
狗吠，柴门轻扣。
我们沉默寡言
两种汉语的沟通也时常需要专业的译介

雪花在夜晚落下不可控制
夜晚不可控制，雪花不可控制
两种汉语在雪夜中发出交流的信号
一种汉语学习另一种
现代的晚雪学习古代的晚雪，父亲……

生日雪

如何从往事中提取雪的诗意?
这需要母亲在火炉上煎出鸡蛋饼
送往十岁的生日

并祈祷神保佑我们
达到一个准确的契合度
神保佑了吗？我记不清了

生日再没有雪花落下
像一种语言失去了诗意。

父亲

在一个没有准备的下午
他向我递过一枝蓝娇和火机
作为分别前他送我的礼物
你可以想象这是怎样的下午
我是怎样接过烟
怎样在他面前吞吐烟圈
分别后，我度过的每一个下午
都在烟雾中落幕
恍惚间看他生出白发
看他模仿他逝去的父亲
我生出许多悲伤，恍惚啊

还是逃不过命运
他越来越像他的父亲
我越来越偏向他
那些为反叛建起的大厦倾倒
我们终将合为一体

傍晚

沿着隙碎的时钟
落日坠进河流，散发出的阳光
使我们轻易地将祖父找到
并在潮湿的巷子找到回去的路

空调水从头顶落下
这是一次身临其境的叙述
它结束悬垂后，迅速地
瓦解整个夏日以及一次祖父

触地的瞬间，所有关于幻境的傍晚
破碎。我们无所谓地走过去
秋日已经到来
南方的天气也逐渐转凉

这是很多年前，我在南方的初秋
看见父亲和祖父成为同一人
而获取的气候经验。当我们终于走出巷子
傍晚什么也没交代，剩下时钟……

晚灯

耳蜗型居室，桉树的枝叶
从里面生长。没有风，
木桌上堆积的国家落满灰尘。

上个月没有拆开的书信就此保留
他们已经老了，但从未停止争吵。

昨晚，熄灭的灯
在怒吼中明亮起来
更多的灰尘落下来，新鲜的……

晚灯，把年轻的情侣放出来
去挣开逼仄的居室和树的束缚[1]

在春风的季节里

双眼垂下的空地，蜜蜂
像巫师一样，念咒和舞蹈
透明的翅膀上
神秘经过众人的耳朵

只被士兵破译，沉陷在
冰面存有裂缝的南湖
白桦树，在春风的季节里
把对旧日的思念献给闪着光的铁屑

双眼垂下，狙击镜框里模糊的目标
像是昨晚他们遇见的刺猬
像是海上被竹竿刺碎身体的水母
像桃花，一种明亮的暗示。

【1】此为保罗·策兰《清晰》（孟明译）中“把情侣们放出来，也挣脱榆树根的囚禁”的化用。

彭杰 的诗

彭　杰　男，1999年生于安徽六安，现就读于首都师范大学诗歌研究中心现当代文学专业。作品先后发表于《人民文学》《诗刊》《江南诗》等刊物，获复旦大学光华诗歌奖，东荡子诗歌奖，华语大学生短诗大赛年度诗人等奖项，参加十月诗会、星星大学生夏令营、中国诗歌新发现诗歌营等活动。

风景储物

黑暗中失神的水声，怎样引动了你？
肉身辗转，试图捕获夜晚催人入眠的力量。
堤岸低声念的姓名，携着星藻向后退却
她也是月落的裙脚，不时地陷落。

柏舟的不定近似烛火。匮乏遮拦的水域
雾气逡巡中辨听体内枝干的位移。
掌心的潮汐跃过丘壑，借此融化盐粒
那反复的动作将你的触觉一层层归还

一如火焰，披拂着低空的丛林滑翔。
但“人是风景的汇聚，蜗形的梦魇中
急转神智”。她每日照见的镜中
都有着隔岸对峙的奥义，唯存的实体

是他们之间奔流的河水。只心已如席般展开
平行的松枝，每一个尖端都与星辰相连。
多少夜雨下簌簌的湿矩，和星流顺服的音轨
经过肉身辗转。但松枝，那晚松枝听见了什么？

每天

雨水操纵人群，街道推开商店
占据绝大部分表情的水面很快就会醒来。
然后一些故事经过我并被遗忘，
像家具，被安置和运离房间的过程。

在那之前，我们沿着小路向山谷深处行进
它装饰的脚印，也曾有名字和性别。
临近深春，我已经快跟不上即将到来的
一天了，夜晚总是像大海般倾泻。

良辰中的星光，从不同人身上找到落点
也是秋蝇停在枯草尖，不再摇晃。
当弦月的上端触入虚空，下端
抵着眉梢，它接引的事物，使你数次醒来。

重播

一寸寸，巨木沉积的气旋没身
该怎样款待你？纵使彻夜虫鸣
一并被收进新月完美的锐角。

静电接连危灯，万物的齿轮轻扣
像极候鸟迁徙的行伍，拨动气候
礼器内缘的花纹往来不绝。

深春习习。灌丛的凝视恍若垂饰
青苔磨损猜忌，夜一样地打开自己
“蝶骨上纤巧的海峡微漾”，尔后

浪花熔铸时的停止，褪下你的皮肤。
群林样的试探，舞步中
有多少回旋，就有多少余地。

又是星雾中重演的相识，动作一帧帧
推进，肃然若镜，冷色的器具展览歌剧
物性翻涌，要将你从临水的雾形挽回。

灯室分食酸橙，余味步履琐碎的阶梯
雨声一次次回旋，那么潮湿
潮汐的起身，省却内心狐变。

万物

吊顶上的藻形纹饰，目视落下的灰尘
有时也坐下来，和他一起打几把扑克牌。
他追更、刷战力，聆听冰弦上悬停的海
涨满，只一阵抖动，就从双手中释放。

鸟鸣像一个名词的范围，从林间照过来
转授听觉中的枝杈，每一声都是此刻
彼此的尾行与结合，星辰般涂改着自身。
而所有的夜幕都是古代史，如此耐心

黑暗被呼吸阅读。阶梯走回自己的位置
复制空间感和水银般的重力。总是这样
万物窃取我内心的想法，并藉此成型
野火是被失明修剪的花丛，而所有奇迹

都包含碳化。旷野中严重的空旷与平坦
由每一个行人承担。你知道，也期待着
途中的雨水交还姓氏成为海水、湖泊
和潮汐，与你我不再具备固定的距离。

水边树

到九月，院外星辰发生的速度
比里面更冷。塘水稀释的手，又像在延伸
波纹占有了一部分时间，湖岸是良宵和松动。
忽然消失的事情是入林鸟。光线、积水的声音
尾羽上深浅不一的睡眠，它们都在提醒我。

“把问题摆在那里，它就会自己风化了。”
但夜幕下，所有盲视的力都在抽条、繁殖
枝杈一直被界定修剪，但永远也不可能
吻合你我的面目。譬如前年田埂上发生的事
像塑料薄膜，顺着菜地一直延伸到脚边。

沙心

雨水的离场花费三天，他用了半小时。
云层移动植物的感官，折纸般相互隐匿。
邻座读取空桌，絮语切割遭遇，到窗外
树枝耐心地热身，距离被电网擦亮。

手头还剩什么呢？青年后奇遇并日常，
共催往事间长夜。耳蜗中滑落的预感
如昆虫消食着声音，抵着工作间日程
发出强力的邀请，夜空代替了他的脸。

喝酒，打牌。逝者的冷扶住眼中潮汐
或面临体内叛离的海岸，提醒自己
从一天的波光中起身，卸落满身倦鸟
羽翼温热，是山城环抱，发动车厢震颤

玻璃形成的过程，列车返回群居之地。
刹那的茫然，席卷靠岸后熄火的卵石。
无所谓必要性，松针尖端漫长的归途
车站外橘灯还原，将携他重返一夜。

田凌云 的诗

田凌云　女，1997年生于陕西。诗歌见《钟山》《十月》《西部》《扬子江》《诗探索》《星星》《汉诗》等刊。参加第八届十月诗会、第二届星星全国青年散文诗笔会等。获第三届陕西青年文学奖等。

The Summer Wind

写的执念

我只写我想写的
亮剑或是捧上鲜红的玫瑰
不为任何与之无关的事
不为任何自己
当才华属于神而
不属于自己，我只是神的一支笔
一颗渺小的尘埃，在没有生活的
生活里旅行
我根本没有生活，也没有自己
我只写那些无意义的
像我的意志一样，在分裂的光荣中
完成一首首力量的诗

晚暮

一只狗在那里踱步、哈气
像巨大的太阳，把一种炽热的焦虑
通过距离传达到我身上
我用我的双眸盯紧它的双眸，仿佛并没有
什么不同，两枚相似材料做成的
廉价玻璃珠，在阳光的照射下
漂亮得简直不像话。现在已经是傍晚
用人生的长度，已是迟来的晚暮
我和它都不想思考，像两块走失的废墟
一碗流逝之水，一团发霉的面包
一瞬坠落般灿烂的虚妄之炮火
在那里坐着，用寂静的语言捶打着天空之鼓
观看纯粹的、宇宙的缝隙

我用距离得到你

我用距离得到你，像光的方程式
计算出灼热的程度。冰山下面正是
爱情。我们的手伸出了一个宇宙
身体，都保存于别人的床榻
当夜晚像一个老虎做成的谜团
我们就都保留着最完整的自己，并把它
去放心地交给爱，和毁坏
去在自己的幸运者与不幸者之间
捕捉到那么一丝丝称作美好的东西

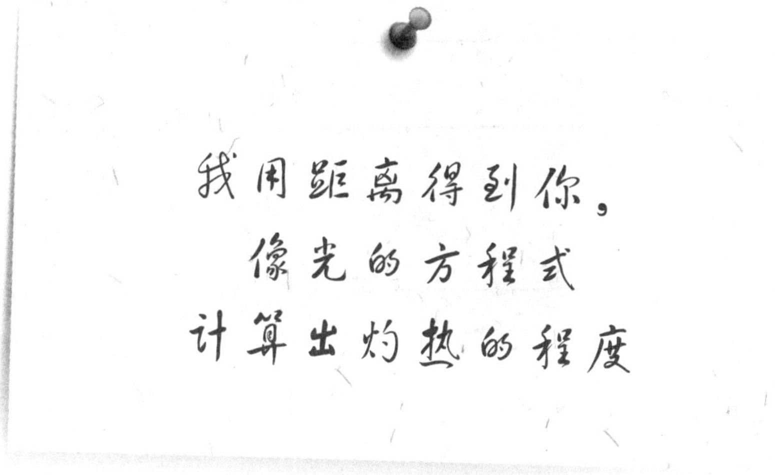

像两颗闪电做成的樱桃、阿拉斯加上空
比眼泪更美好的极光
它将在思想的阴影里长存，将在秕谷的
失落里继续消耗
比这真实的世界
更像一个世界，比我们的疑惑
更接近于我们内在的自己

讨厌

我讨厌强势的人
讨厌虚伪的人
讨厌不停说话的人，讨厌
辜负过我的人，也讨厌
辜负过别人的自己
我有时自私得无关这世界
有时善良得忽略自我的毁灭
我像火山口上的蚂蚁
有着对火焰明确的讨厌
也有着对冰山明确的喜爱
我长久地在这两种极端中成为着自己

但这是欺骗

大地正在被挖出巨坑，纯洁的树木们
无处可去。那前方像魔鬼一样的东西
就是黎明。人们交谈着，用无用的语言
到达那里，渴望像玫瑰的花刺一样被他者
所理解。巨大的废墟，正在地球的各个部位
开花。我们必须理解什么，像我们的父母
但有时又并不如我们的遭受更理解我们
它们从头到尾酝酿了存在的欺骗性，给所有生灵
我们正是生灵中最不可缺少的一种，被它们
穿透思想的肝脏，制造某种奇异的火花
身体发出真实的嘎嘣声，流动的一些诡异物质
细看像是冲走贫民之鞋的下水道里的污水
但这是欺骗，从一而终
我们在尘世这样的梦里，正活得无比美丽
像冰河、雷声、饥饿之虎的咆哮
超过现实主义的薄纱本身
一击战胜所有最为坚硬的金刚石

丁薇 的诗

丁　薇　女，“90后”，江西省作家协会会员，在《诗刊》《人民文学》《诗选刊》《作品》《诗潮》《延河》等发表诗歌作品。有作品选入诗歌选本。

The Summer Wind

火车一趟一趟运输平常生活

枕木和石头同样沉默
如日渐失语的她们
细小的天线成为唯一的连接
把生活放置于钢丝之上的危险
你是否深有体会？
车轮碾压着时间的铁轨匀速行进
列车在光明与黑暗中切换
软卧上的老人、孩子
——被搬运在自身的阴影之中
黑箱里没有奇幻的魔法
一切都过于平常
到站了，起点亦是终点

虚无之山

天还没有完全亮
在清晰和模糊之间
一束光斜照在白墙上
反射的作用下
一座“高山”已然形成
我努力寻找光的来源
并用手去触及
它真实地存在吗？
试图将双手去攀越这虚无之山
而在快要到达山顶时
光突然就消失
天亮了，一切没有发生过……

昨晚洗的衣服已晾干

她将洗好的衣服晾在夜晚
没有阳光是既定的事实
溺水者该如何自救？
该怎么去用潮湿抵抗黑夜的绵长？
它会被凉风带动着摇曳
去看一切闪耀的和残缺的

而在清晨醒来时
这件衣服依旧悬挂于此
伸手触手，内部的水分已被吹干
没有人知道昨夜，发生了什么

汽车像刷子一样扫过

它拥有了一次飞快前进的机会
而眼前的事物在后退
它们开始了各自的行程
只有我是静止的
站在这方寸之地的交界点
始终不敢挪步
这些年，我的步子日渐缩小
比刚学步时还亦步亦趋
——“开始”成了一道多选题

突然醒了

雨声清晰
坠落，贴近地面寻找真实
风扇转动，命运转轮从来不曾停止
她极力将身体深陷
感受内部草木与木质结构的呼应
——暗夜成为一种辅助

寻找

给一些词找到恰当的位置
这并不容易
很多时候它们躲在众多词之中
而我们是被遮蔽的那一个
大海捞针的概率依旧让我们痴迷
正如此刻走在街头
遇见的每个人是另一种呈现

阳光下的星星

阳光没有完全散去
周遭的事物依旧清晰
她们确信彼此还身处白天
此刻，一颗星星在落日的不远处出现
这多少让她们感到惊讶
——正是在这样的黄昏
她们坐在长椅上低头看两个影子
并期待它们无限延伸、靠近
而天突然就暗下来了
一只鸟落在她们周围不绝地啼叫

未见之物

在清晨将近未近时
我看到一束光闯进房间
而它只是短暂存在又消失
——我不会告诉你：
很多次，置身于光亮中
影子就坐在身后
周遭的暗潮也时常涌向我们
此刻，你指给我看远处灯火通明
我对眼前杯子的杯底看得入神
该怎么告诉你
对于那些你未看见的事物
我越来越陷入沉思

向晚 的诗

向　晚　男，原名李唯伟，1993年生于安徽亳州。主要从事诗歌、小说、评论创作。大量作品在《人民文学》《诗刊》《中国作家》等刊物发表，有作品入选各种年度选本和排行榜。《人民文学》第三届“新浪潮”诗会成员、中国作协第一期全国中青年作家培训班学员。

一头老牛

此时，某处一定有一头吃草的老牛
吃着吃着，月亮
就爬上了山坡，吃着吃着
老牛无意之中就吃成了孤岛
山坡这头
有一人看到了青草
被老牛
细细咀嚼的全部过程
老牛吃完了去年
又来吃今年，老牛的眼中永远
温柔而坚决——
苍凉的月色下
你在老牛瞪大的双眼中，似乎
明白了，作为一个人
所经历的岁月，大致相同
作为一个人
看见月牙总感觉像是被谁咬了一口

望流水

一年来，也就这几日最清淡，随心所欲
可以走走停停，可以
看一枚月亮贴上屋顶，可以在
流水最静的一处
对着自己的面孔仔细端详
为什么这一刻你看上去特别苍老
你轻叹一声
生活如流水，流远了
过去就成了某个词，或某一阵敏感的秋风

安静

有时候，整个世界都会安静下来
像黄昏，悄悄站在
城市的肩膀
像梧桐树叶，一夜之间
就完成了它——
生命中的最后一个微笑，或者
就像看一幅油画
因为某处突然的暗淡
就让你的眼中
滑落了几滴安徽的小雨
数年来

你所有的温度都在维持与——
生活的距离
直到有一天它突然
安静下来

房门

写出这一句，老旧的房门依然对着
即将入夜的天空
依然对着极尽盛开的梨花树上
那几只满怀月光的雀鸟
——只是你不知道
有一刻它的语言也曾在枝头上摇坠
想象通过一阵风
就可以飞得很远很远
只是你不知道它也有孤独
它可以对着落日、繁星
看一百次
但只有一次是印象最深的
是望着一个女孩
在一棵怒放的梨花树上挂上心愿签

深巷

至巷子深处，才露出你荒芜的寒冬
近三十年的光景
而你已记不清，印象最深的
只是空气有些潮湿
梨花开得晚了，桃花也是
天空上
没有一句你儿时背过的古诗
又有谁能让你想起
这块被雨水洗刷过的老旧的门牌？
一个你，渐渐地
像水从未流过河床
一个你
发现一只猫蹲在巷口久久不动
此时，看着你的
屋檐的水珠，被树枝摇掉
又被晚风吹成
渐渐转凉的咏叹：
你应从何处归来才能避免一层厚厚的尘埃

半年

你终于还是忍不住内心的狂风大作
一首诗写到最后
还差一片荒草，在杯中
随风摇晃。半年来
生活和生活紧紧挨着，简单到
领口的扣子
已无所谓在什么时候丢失
洗脸时，看到镜中
一张悲哀的脸
长满了修饰和枯柳
我们活着，内心时常篝火不熄
半年来，人们在
各自的蜂窝中孤独、感动
或振翅欲飞
却又茫然。这个春天
有的是渴望，有的是一个词
——在房间里来回踱步，羞于赞美

安文 的诗

安　文　本名李禄洋，1997 年生于河南省新蔡县，现于郑州工作。有作品发表于《星星》《草堂》《飞天》《诗歌月刊》《散文诗》等文学期刊，参加 2019 年第十二届·星星大学生诗歌夏令营，中国诗歌学会会员。

The Summer Wind

早春

傍晚时东边的村庄奏起响器。早春有雨，
响器声含糊，低沉，如某种神谕的祝福。
尘世如常：白杨林饱含雨水如噙着泪，
犁铧长久地缄默，草籽随处生长。

清早起床，新人喧笑。
早春是几笔娟雅的小楷，再羞怯几日就尽褪了裙裳，
挨个向亲人告别，笔迹清甜，宛如莲花开放。

请慢些

两轮大日赫然凌空：一轮如铜盘，
已偏移到平原的西部天空，斜照
购物广场及其配套的住宅区，
品牌商店，药店，五金店，
和两公里范围内辐射的中小学校。
另一轮映现深渊的倒影。
我的深渊：一片广袤的兰泽，
酥烂的淤泥翻涌一粒粒青玉珠般的莲子。
静极。许久，黑暗的蚌壳彻底开裂，
苍天垂赐的最后一缕霞光一寸寸锻打
桌上盛着洋葱的瓷盘，狠下心：
揉碾它细颗粒的泥胎还与西风与草芥，
还与我的青年与暮年。请慢些啊
容我仔细回顾一番来时的小路：
冷却猛虎之心，我的额顶长犀角，鹿茸，
偏对梅蕊，月晕，鲜露，生命的孕肚不懈角力。

秋日的步履

秋日的步履像潺溪流过我的肩膀，
我猜想：身在几公里外的你正被

舒曼的圆舞曲踩着啁啾的步伐，
小调音符恰如纺线的乳蚕

一条稠李花样的头巾蒙住
蔷薇色的眼帘和清秋的圆眼睛。

青橘的果皮在空中一刹滑过，
五线谱无限地拉伸，
舒曼的圆舞曲踩着啁啾的步伐，
小调音符恰如纺线的乳蚕。

楼顶铁丝网的阴蔽处，
一小片灰淡的霉菌久经照耀，
它徒然领受了秋日的圣餐。

我不急于返回楼下那间
幽凉的斗室，暖风耐心地
敷上我灼热的前额，右边
那枚青橘端正如我的幼年。
旋梯多么窄小，不容我和
我们的卡绒熊并肩回返。
一只病兽远眺落日像是
吃下一枚冰凉的药片。

这怅然而又柔情的病症
将在那些芜杂的灌丛中
珍珠一般反复发作。

最猛烈的一次痉挛来自
黑暗中你嘎吱的推门声。

而你并不知晓这一切，
你只是扶靠着我，
像偏旁偎着她的部首。

愁予日记

过一路，有一路的泥泞，有莺月的头梢
勒挂一条桃花绒镶嵌弯月碧玺的抹额。
路灯下我走进自己的影子扶正你芳心的花梗。
年轻的妈妈对女儿的教育像一头
公海象发情。“你要懂礼貌，不然
谁都不会喜欢你。”“那我大可不要
众人的欢喜，我愿失踪，愿沉湖，
愿抱琴走上断头台。”
谱新曲的空当我已踏上一条无人的小路。
母亲在另一条路上谈到几棵结籽的西兰花。
一阵酣畅的西风吹我到梦境的洲头。在那里，我

雇一堆乱石手谈，洒一条泪痕殉情，
春光照耀我如同照耀一具娇小而满覆萤火的残骸。
电线杆的麻雀训诫我过于痴傻，你这个
不解凡人忧离之苦的六翼天使，快些去
寄宿你的建德江，隐喻你的石头记。
不必择日，就在今天日暮，趁失眠
还未硌瞎我的双眼，趁我狂歌如醉，
还未忆起绛珠妹妹之前。

一十六枚药片

一十六枚药片恰似金色的雷霆狂飚，
鼻梁两侧的泪腺幽涧般以涓滴泪水回应。
开水壶噗噗作响，盥洗盆泛起泡沫，
黑色针织裙扔置在古典语境的床尾，
一个病中的女子呼吸艰涩，三两支发钗
凌乱地交叠出十月末忧悒的抒情意味。
纯种的小狗甩动雪白毛皮冲我吠叫，
老叶芝脱掉垂朽的肉身飞入纯美的王庭。
大平原的传说与风物可曾向我遣来信使？
神圣使者的到来必然殷湿两具拥吻的肉体。
履历表扼杀悠扬的学识，我的良人，
你于昏睡途中已将身份悄然转变，
我的妻，你梦见两个小天使，
他们哭闹，好奇，双腿渐渐有力，
雁群中的某只为他们施定魔法，
两个东方尼尔斯啁啾不已。
那么，我的妻，夜晚遽然降临，
手洗的枕套滴着黑色的水珠，
一千个吻悬在你的唇边思忖。

蓝格子

田字格

占森

安乔子

风琴

The tweedle of wind

鱼 （外五章）

蓝格子｜现居北京。偶有作品见于《星星》《诗刊》《扬子江》等。

日常里的许多漏洞
以及那些难言的隐衷像摆在面前
的啤酒泛起一层厚厚的白色泡沫
又慢慢平息，消失。

鱼（外五章）

一

掉进深渊之前，你永远想不到自己会和鱼发生如此密切的关联，甚至会成为它，一条鱼。可一旦陷落，情况就大不相同。清晨阳光，总是显示出好看的纹路，光线触及处，温柔得让人几乎要流下眼泪。

这样的好天气，我们要花费一整天时间在海边游荡。

雾气从远处缓慢升起。

在冬天，钢质高架桥在冷空气里露出坚硬的骨骼，像一匹嶙峋的黑马。它巨大的灰色阴影将海上路过的船只一一覆盖。

潮水在傍晚临近的时候退去。

近处那些礁石还安然无恙立在原来的位置，好像与之前并无二致。

我们也一样，似乎只要用力抖落身上尘埃，就还是一个干净如初的人。

可多么难啊！我们的眼睛，被太多事物引诱，多数时候，我们看不见深海里的游鱼。

二

太辽阔了，这人世。

可哪一个渺小的人，不是一路砍杀，又一路躲避，一路前行，又一路败退？

我们和一群人，站在一群人中间，接受着每一阵从远处吹来的冷风。

我们曾尝试，在寒冷抵达海底之前掏空身体里沉积多年的杂念，为一条走失的鱼腾出些地方。

可我们是多么缺水的人啊！喝进胃里的水总是被无形海绵吸干，发出的呼喊声很快被海水淹没，行迹消散。而我们又分明感到，洁白的盐分不断从我们体内向外渗出，鱼群在我们的血液里来回游动。

我不知道是怎样的神明，这样不分昼夜地在我们头顶彰显力量，致使我看不见它们，也来不及，将自己重新注满水。

或者，并非神明之过，而是我们自身……

三

冬日午后。好天气在瞬息间就变幻成另外一番模样。

我们还对着眼前的海水发呆——

看它们，从蓝到深蓝，再从深蓝，到黑。

整个过程，除了海里的鱼，还有谁能看得清这变化的内力。

现在，如果可以，我希望除了风声，那些鱼能听到我们的心跳，听到每一个在人世间遭受苦难的人发出的沉默。

更多时候，我们看着那些误入沙里的鱼，挣扎着，如同一个人用力摇晃的一生。

愤怒有如沙滩上走过的痕迹迅速被海水抹平。

我也逐渐松开紧握的拳头，另一只手松开你。

海面逐渐恢复了以往的平静，仿佛海风从未掀起过波浪。

四

落日沉入大海之前，晚云还未收尽。另一条鱼从海底深处赶来，像是来探望我们体内因迷失方向而来回冲撞的鱼群。

它们从海底风暴逃生至此吗？

我们的心肺，我们的血管，是怎样的痛苦让海浪替它们发出呼啸？

每一条鱼都拥有完美的游翔姿态，是它们让寂静海域充满生息，是它们让我们在面对扑面而来的风暴时多了一重安慰。

有时，我们仿佛可以看见自己从人体的躯壳中挣脱，化身为鱼。但我们混迹人群的时间太久，已无法适应海水原有的压力和咸涩。

从水中返回岸上，已经错过了一场大雨，只看见雨滴在沙滩上留下深浅不一的凹陷。

晚餐之前，我们羞于祈祷。

所有的爱和悔恨同样苍白无力。

是我们，亲手杀死了自己的鱼，动手刮去它的鳞片，掏去它的鳃和内脏。

烹煮之后，再把它们，吞进胃里。

五

像是风暴从未来临过。

我们还活着。终日在光洁的镜面上小心滑行，近乎如履薄冰。

在最接近黑暗的潮湿和蔚蓝之间，时间，午后光线一样迅疾消失。我们的影子曾不慎跌入水中，被潮涌的海浪拍打，被鱼群追击。

此刻，影子站在我们身后，像另一个具有独立思想的人。

我们在镜中看它，自己成为被影子分离出的局外人。

除了体内鱼群的撕咬，没有人挺身而出，指出我们犯下的过错，也没有人揭开我们贪婪的面目。当然，更没有人知道，我们也曾因热爱而感到深深的绝望，也曾努力克制过。

月亮从海面缓慢升起。

但我们已经被鱼群，远远地甩在原地。

日复一日，望海潮迭起，而不知老之将至。

六

是什么诱使我们抛下自己，再次走向深海？

夜里，我们在白纸上写下水，写下海，写下礁石、海风，身旁就长出丰盛的水草和虾蟹。

我们感到自己倒立着，行走在人群中。

在相反的视觉效果下，可以看到自己和周围人群逐渐消解的形体生出闪光的鳞片，脊背弯曲，像是真的有溯洄母腹之势。

风暴渐起。

我们的呼吸，也跟着一阵一阵地颤抖。

整片海，从四面八方向我们涌来——

无题

事情有时像把一条蕾丝裙子误放进洗衣机里，发觉的时候，整条裙子已经崩溃。

很多年以后，他们才逐渐习惯分离，各自生活，互不打扰。

有时，抬头可见的星辰成为某种寄托，但很快，他们将注意力转移到别处，比如，鱼缸里来回游动的几条金鱼，或是阳台对面还没有熄灭的灯。

偶尔也会有重逢，隔着人群相视一笑，尽量保持礼貌和自然。

后来的酒局，蓝色方桌，他们相邻而坐，在喧闹声中互问近况。

日常里的许多漏洞以及那些难言的隐衷像摆在面前的啤酒泛起一层厚厚的白色泡沫又慢慢平息，消失。

接着是一饮而尽。

大口喝酒，大声说笑，把一切不可言说吞入腹中。那些无关痛痒的话题使交谈拥有了延长的可能，时间和地点是可以忽略的，可有人记住了应该忘记的。

一个人瞬间裸露的内心和内心里呼之则来的记忆。

当他们各自返回家中，那些一路跟随他们的往事也跟着回来了。

镜子里，白色墙壁，窗台上顶着星光的向日葵，让他们想起凡·高，那个拿枪解决自己的疯子。

但“我爱你”。昨夜倾盆的大雨。

莲花山

当我再次来到这片不大的山冈，已是深秋。看起来，和多年前第一次到访没有什么不同。

我曾坐在上面休息的那块石头，已经有大部分陷进了泥土，旁边的杂草褪去了新鲜的绿色，成熟的橡子零散地躺在它周围，等待有人拾起，或踩在脚下。

我曾用去整整一个下午的时间在山中闲逛，看一只松鼠从一棵树跳下，然后爬上另一棵树，夕光轻柔地抚摸着漫山遍野的松树、榆树、橡树，以及它们落下的树叶。

这些年，我习惯了在秋天到来的时候上山走走，习惯累了就找块空地坐下。人生至此，也该学会像一座山一样，平静地接受生活的冷雨、萧瑟和荒芜。

如同此刻，我靠在一棵橡树上，贴着它粗糙的皮肤，风吹着我，仿佛吹着一棵年老的橡树。

金石滩的黄昏

和上一个黄昏一样，没有雾霾，天足够蓝。

风还是很大。

很轻易就把人吹向记忆深处。

海鸥，闪现了一下，就不知去向，如同一些人的离去。

好天气同样让人感到疲倦。

落日熔金，显示出焦灼之态。

暮云合璧，也出现裂隙。

我看着眼前一块带花纹的石子，猛地被海浪卷走再也没有回来。

而浪花，在我面前跳动着，迅速变成碎末。

冰凌花

雪还未完全融化，枯树叶覆盖着裸露出黑褐色的土地。

早春的荒凉由远及近。

鹅黄点点在视线里变得明亮起来。

娇小的身躯纤弱得让人感到担心。

可它不在乎，你的担心、怜悯，或是爱。

坚强、孤傲，或是其他什么你想赋予它的形容词，它也不在乎。

它只是自顾自地从结着冰晶的雪层里钻出来，开上一段时间。

静静地等候着——

冰雪融化，花朵凋零——

归途

傍晚，雾霾始终未散去，我一个人穿过天桥，来到第二站台。

列车还没进站。那么多人在等待。

时间因此变得漫长，拥抱的人还能再抱一会儿，而我的心，被两条铁轨紧紧牵住。

远处的轰鸣声不断迫近，在人群中产生一阵小小的惊慌。

我攥了攥手里的车票，目光移向打开的车门。

刚哭过的人红着眼睛，在我身旁坐下，给送站的人打电话。有人在车厢连接处抽烟也有人凝神望着窗外。

一座城市慢慢远去。

另一座，将在夜色中靠近。

现在，我母亲一定在等我推开家门。

杜鹃花在枝头微微震颤，它的香气，成为一个人隐秘的喜悦，像此刻，空气中渐起的灯光。

川北、甘南笔记

田宇格｜原名马莉，1983 年生。静居江南一隅，教书，阅读，写作。江苏省作家协会签约作家，著有诗集《灵魂的刻度》。参加首届“茅台酱香杯”星星·散文诗全国散文诗人笔会和第 19 届全国散文诗笔会。

莲宝叶则看不到尽头的台阶它总有尽头，你只管攀爬，对于终点来说迷茫与期待是多余的，但别忘了帮一把后来的问路者，无数他们组成了『我』。扎尕尔措不起波纹时湖上倒影了然，不动心时心是圆觉澄明。

2020.7.17 黄河第一湾

时间是易耗品，上午黄龙下午黄河第一湾，看日落用了一个小时，关键时落日被云遮住了；吃晚饭花了一小时，等菜时，倾倾看了几十页《哈克贝利·费恩历险记》。无论你怎么聚焦、拉伸，一天总是过得快——除非你不喜欢这天，除非你入定（也有个势能要出定）。回到酒店的第一反应是写作，一看十点多了就条件反射般地连着打哈欠，灯光昏暗适合睡觉。

有个小插曲：马可盯着镜头里青海流过来拐的黄河第一个大弯，盼着夕晖映在水上，但等了一个半小时云层就是遮着太阳，就是没法看到那年巴音布鲁克九曲十八弯那样壮观的落日；略有高反的倾倾坐电梯到海拔 3600 米的平台后对某只随主人旅行并到达高空的宠物狗更感兴趣，待在屋里观察了半小时腊肠狗，头都没往窗外探一探。父女俩兴趣悖异。

2020.7.18 扎尕那

到客栈倾倾爸总是先为手机、电脑联网，再给两个保温瓶续水，他说，蓝色是倾，绿色是我，骨子里都是冷静型：是高原主打色。话说午饭的一斤手抓羊肉煮得原汁原味，蘸的香料味道足，就着饭被我们仨一下子干完了。

不能小看路上走过的一个个盘着手串持六字真言的步子趔趄的老太太——念到理事不二时，自可回归自性。她们身后是满山翠色和清爽的风。

在山上，藏族母女（也许是婆媳）用彩线帮我编了 15 条（倾倾 16 条）小辫，散披肩上，发梢佩戴叮咚响的饰品会更好玩。群山环绕，站在山中平地有环顾四周皆为青绿的宁静；低头时五彩线垂下有不辨其色，通过发绳发现藏式色彩运用法则的愉悦。

从扎尕那观景台下来时雨大了，我提着两个湿透的裤腿对撑着双拐上山的人竖大拇指，对开摩托车接站没穿雨衣的原住民点点头——听闻重装行进的常州六人队翻了三天山，昨夜帐篷差点儿被暴风雨掀掉。

我们仨冲回客栈，借来吹风机把能吹干的衣物吹干，把不急着穿的晾干。

天忽然放晴，我在朝西窗口码字，面对扎尕那的主峰，傍晚六点太阳出来了——透过云层窟窿金灿灿的，气温上升到 15℃左右。

在窗口喝着咖啡记流水账，阳光越来越充裕：时值傍晚却给你早晨的错觉。柠檬味固体清新剂虽是合成却也怡神。沿着马路窗外的风马旗褪至淡红色——风向为东南风，风力不大，那边，老人沿着斜坡一手牵着娃一手牵着马下坡。

藏民客栈的晚饭收费低，还送了道油麦菜，老板年纪尚小，20 岁不到的样子，又是摩托车接客人又是下厨房炒菜忙得乐呵呵的，他提议我们明早 6 点去达日观景台看日出。

2020.7.19 郎木寺

电影《来自星星的孩子》中，看到一个突破自己的孩子和孩子背后的老师——“别害怕失败和跌倒，我陪着你。”所有的困境都是课程，你总得突破，你试图突破时常常为自己创造出各种外缘：恩师、挚友、某本书、某句话……一切都是神启，而神在你内。

每天读会儿书，也读自己的诗，观察其弯曲、扭转与柔韧度——语言是一种动态的实体，对它包含的内容做出反应。

因为疫情倾倾一学期没做操，周末的羽毛球课也停了，这次出来她体力不如去年在川西，海拔四千多她就有点头痛（上次没事）。

这里的生活简单。水龙头打开是山泉水，头凑过去就能喝；吃完饭就喝茶、看书，倒头可以睡，小草小花长在头边，白云与你并肩；倾倾泡了普洱、咖啡和金银花茶。从晨雾缭绕到阳光从云层透出，想在这儿坐到晚上，看星星，星星会很近。一周放一天假的郎木寺佛学院学生（格鲁派，十八岁入学）也来镇上喝茶，下棋。“暮茶 / 僧静 / 格桑花开”。僧俗共乐的场景煞是有趣。达照法师说得好，“若是知行合一，必定大机大用。直待随缘放旷，方能任性逍遥”。

驱车经过郎木寺旁边的牧场。男孩九岁，女孩十三岁，满山的牛都是他俩放的：早上放牛，晚上骑马赶牛回栏，有旅客来就招呼客人骑马（十元一趟，马可给了他们二十，请他们吃苹果，弟弟干脆玩起了“抛苹果”的小丑游戏）。此时正值暑假，爸妈去打工了，姐弟俩扛起了部分生计。

2020.7.20 尕海湿地—米勒日巴佛—拉卜楞寺

“我们的过去并不是静态的，而经常随着我们现在的行动而改变。我们现在所做的事向过去投了一束亮光，现时进行的每一个行动都在转化过去，解救过去。”（米沃什）你的思想中，最深刻的信念，最让你认定的有意义的人生价值内容，就是你的人生蓝图。别用过去（包括过去世）的经验与看法来解读你现在看到的创造。心本来就遍于一切，看起来好像是日常而不知，但稍有觉知，就会发现原来用起来，从来都这么方便，真是念念成形。你多年以来一直都在扩展着自己的心量，总是能感受到喜悦，总是能感受到更大的自由是扩大心量的过程——你发着菩提心，直至证得法身。

赤麻鸭、灰鹳、棕头鸥和鹈鹕……食肉食草禽类混居于尕海湿地，粗而高的“刮刮”声中，我接受老家水位高至晒场，雨还将下的讯息。大风里，倾倾扯住帽檐用头上滑落的线编手链，她只关心手链好看否和怎样不晒黑。是的，“构成你的物质是时间，无尽无休的时间。你是每一个孤独的瞬息”（博尔赫斯）。

爬了九层楼，在米勒日巴佛阁发了个愿，感慨这位大乘佛子犯过错，吃了很多苦，他在磨练中消业，在精进中成就，以诗歌传道。承认这一点吧，“世界是众生辛辛苦苦妄想出来的二元对立的系统，生生世世的瀑流不断地在影响你、转你”，请回到当下（当下没有时间、空间），如如不动地安住下来。

来到拉卜楞寺 3500 米的转经长廊，轻轻摸着羚羊角陪它避雨，很快牧民赶来抓它，它甩腿跑上山。

2020.7.21 拉卜楞寺

初一的拉卜楞寺是你想长住的地方。暂为观光客，有不为物累的轻松，名利情欲你一样样放下，这里的山水明亮、温柔、清新得惊人。无需之物无缘之人都放下，往前走。

这就是无尽藏：一切都是你，你无限，你无形无相，一念之间一切到达。既然本自具足又怎会有所得有所求？

一路都听到笑声，同行的是几个原住民与僧人。上车吃了个冬瓜那么大的西瓜，一剖两用钢勺挖，当午饭吃；下车看到世界上最大的转经筒，我们仨推了一圈：有个娃娃吊在横杠上做引体向上。

2020.7.22 莲宝叶则

不只是寻根也是构筑精神原乡，不只是建构也是解构，阿来想与出生地在文学意义上发生关系，就到处走走，带一台相机进行实地考察。其实，《尘埃落定》《百年孤独》《城堡》《看不见的城市》……都有一种水到渠成。

莲宝叶则看不到尽头的台阶它总有尽头，你只管攀爬，对于终点来说迷茫与期待是多余的，但别忘了帮一把后来的问路者，无数他们组成了“我”。扎尕尔措不起波纹时湖上倒影了然，不动心时心是圆觉澄明。从 4200 米海拔的扎尕尔措出来回到 3000 多海拔，倾倾的嘴唇不再发白，吃一堆烤串她又活泛了。

这是第一次相遇，写作是第二次。什么是记忆——你用意识的滤镜再次加工万物并自证其存在。岔开讲，“写作是一项工作，具有持续性，并且以塑造为宗旨。因此需要付出时间，需要体力的参与，这些方面在年轻时往往是被忽略的”。一份锤炼心性的体力活儿（一份手艺）适合某些人。换言之，人生太长需沉浸于什么，人生太短须聚焦于什么。

去见冈仁波齐转山时认识的青海姑娘曲松巴毛，别后已七年。那次转山前我问她需要什么装备，她说啥都不需要一天能转完山，我吭哧吭哧爬了一天半下山后发现她又出发了——5700 米海拔的垭口她一点儿都不喘连登几次不觉得累。

路上敷了个面膜，有灼痛感，姑且相信皮肤的修复能力不作他想。夏日傍晚靠在窗口吃晚饭（两顿并作一顿吃），新奇地看这西部小城人车过往不作他虑；回到酒店泡红茶，靠着窗看天这段时间不作他用做到内在空寂，有定力，与天地往来。

自言自语或胡言乱语

每天码字的打卡创意太棒了，这样能使我彻底打开 —— 写作的量变引起用心通畅和自性直用的质变。“不用在意成就，你只要喜悦这个事就好了。”“喜悦于创作本身哦，因为本来结果会超出你意识的想象，但在意结果时，相当于在束缚你的心自由表达的能力，过于在意一个结果时，往往就是因为不确定的思想，负面的、疑惑的，这些都在束缚着你。”

用心喜悦就是持境，用心冲突就是破境（念念成形，无一落空）。每个人自带世界，安住在空性上是中道是为正（清净为天下正）。

这次出行在一个短学期之后，这清福是无为之福：山水使人胸襟开阔，净化身心能量。而巴赫的 F 大调钢琴奏鸣曲和阿来喜欢的钢琴曲一样，带给我行云流水感：不滞不碍地水一般流过去覆盖过去，前念后念川流不息念念观照到且无比流畅——江河奔腾般过了就过了，往前走，无尽的奔涌，后浪推前浪（无挂无碍）。人有太多时间浪费在前念及其效应、影响上了。最简单的例子是发了公众号又何必要去看回复和点赞——你尽管往前走领略新的无尽的风景、境界。观音菩萨对舍利子说的“心无挂碍无有恐怖远离颠倒梦想”究竟啊。既济卦和比卦中的水汪洋恣肆灭掉、覆盖旧的用心方式（旧世界）也是此意：只顾奔涌，不必瞻前顾后。

今天看阿来（昨天贾平凹）的《文学的故乡》时，悟到壮行的意义：“你看到的一切都是你自性的造物，它不会平庸，只会非凡（只要你不给它平庸的观念），任何创造本身都是无比精彩与喜悦的。”

李白、杜甫、苏东坡、蒋勋的壮行给我的启发是创作是锤炼心性、无限开阔视野的体力活儿，身强力壮是必须的。而写作对心的培养是：把自己培养得日渐宁静豁达、胸襟开阔，用心极为广阔，完全不在意得失，并拿得起放得下：得之不喜，失之不悲。参禅修心法，正身正意正言（养浩然正气）和在写作中反观、翻出潜意识、开拓心量功效一样。活到这个年纪才发现宿世的修行、善因善缘给此生埋了太多金蛋：天南地北的朋友（缘），走遍天下的豪迈（习气）。

会设置“番茄闹铃”来管理时间了，倾倾在看大屏幕电视机放的《蜡笔小新》。下午，景区木栈道的刺刺入倾倾的手指需要根针，酒店没针，徒手又拔不出来，马可下楼去找商店买针。倾倾捣鼓了半天刺，自觉关掉《蜡笔小新》看起课外书来。于我来说，看景、历事是第一次相会，写作是第二次，日后加工是第三次。文不厌改。

哦！少年（组章）

占　森｜实名丁小龙。苏北“80后”，诗见于《诗刊》《星星》《扬子江》《诗歌月刊》《诗潮》《诗林》《草堂》《绿风》《上海诗人》《延河》《鸭绿江》《北方文学》《青年文学家》《解放军文艺》《人民日报》等。偶获奖，有诗集3部。系江苏作协会员、江苏文学院青年作家班学员，2017年发起“学院风散文诗群”写作，并在《散文诗》《散文诗月刊》《散文诗世界》等处开辟专栏。

黄浦江的水是黄浊的，宛如这夜。
塔顶的尖细，对于一些人来言，
也是一种排斥吧？

（一）

“如果，待在海上的那条船里是责任，是身不由己，那么在这儿绝对是一种解放了……”同样望着那海，我的感觉却不一样。

哨子，甲板上的敲击，和平之鸟的叫声，都远去了。那些齐整如梭的宽厚身影，去哪儿了？我不敢猜测，迷茫且不自信。

“海，是呛人的！”这是唯一的肯定，沙子也是我挥霍掉的时光，而海螺依然只存活在童话里。海面上，也永远站着热衷看戏的人。

瞥向身后：这个城堡般的建筑，是替我量身打造的盒子吗？

又抬头看天：是一道平民打扮的阳光。

本多情似火、热烈如酒，却羞于表白。渴望风雪和樱花下的爱情，每次却被折断。

不屑于那个大胆北方女孩的主动相约，我却又待在楼上的栏杆边，偷望茶园里的另一个人。

“小桥流水红油伞、茶香古琴伴佳人”，这样的茶园让人迷醉，可我递出去的情书却久没有回应。

学琴。在床头挂满古怪的彩灯。有时又嗜酒度日……我在日记里这样写下：“那些路上似乎布满了咒印，这令人忧愁。”

那天，我蹲在绿藤攀绕的窗边写诗，解读给那个搞哲学的穷途末路的文青听。我们边聊边走，不知不觉中，走得很远，早已远离了圣诞夜里，那些焦头忙碌的人们。

面对从喷嘴下来的，似无穷尽的可乐与橙汁，和枯燥的劳动与各式吆喝，我就更留意吧台。那儿有一排高贵而别致的酒。有以独眼海盗命名的，有画着椰树的，有松子味的，有石榴味的……颇具诱惑力。

想起克鲁斯的那部电影：一个在酒吧以耍瓶为乐的人，他是能勾兑神秘液体的魔术师，他有绝对精彩的表演。我正幻想我就是他……可这时，对讲机响了，一个激灵之后，目睹自己又被挟持在流水线上。

在走廊里踱步时，会找一只黑领结戴上，端着一杯“马爹尼”，朝镜子里的自己不停地敬酒。然后，把手比成星子的形状，苦笑着，对准一群看不见的观众。

讨厌分开，我是怕某些人的不辞而别，更怕亲人离世了，而别人却一直瞒着他。（所以我恨父亲和姐姐）

燕子飞过秋天，每一个要远行的人啊，看起来都是那样崭新的。身边的同事在装箱子，装着装着就唉声叹气停在那儿了。

而我，还要和留下的人相依为命。

比如，在礁石上聊天，聊去年的少年曾在这儿为谁寻死觅活；聊跑过窄木道的人，总会再去那边的广场跑；聊地下室和整齐得像士兵的闹钟；聊海；聊叫不出名字的树，它们比谁都先见到今年的雪。

喔，第一场雪是不是那个尚未在尘世湿身的少年？

（二）

明明是几十米的走廊，可让人觉得非常深邃，仿佛走不到底，空洞且有湿漉的水滴从天花板往下落……即使有那扇具象的、向西的窗户，也解决不了这个问题。

我背诵下了几双女鞋不同的声音。有的敲击如马蹄，有的滑动像雪橇，有的像傲慢的女王……每一双都很诱惑，这让人连生幻想。

走廊深邃的原因，除了这里是异乡，除了这不是我所要的，一定还和它们有关吧？

电视室里的那个北方女孩，奇葩地先和我打招呼约我，我们后来就一起去逛了夜市。路上，她忽然让我搀她一只手的小拇指，并告诉我：她的大学生前男友也是这样子的……我们走在美丽的星子下面，最后我居然趁着醉意把头斜靠在了女孩的肩上……

可我骨子里是忧郁和懦弱的啊。内向，只和最熟的人才说几句话；热情在体内，总以为有探取不尽的远，而远方有我的那盘精致的红蛇果。

所以今晚，本想上前帮她干活的，却居然不知怎么开口，只杵在那儿望了半天，被她没好气地赶走……

于是，终于有了想和这里疏远或分道扬镳的念头。不再盼望节日里，再用什么表演去崭露头角；不用待在走廊里的那把黄旧藤椅上，体面地伪装成一个写诗者，写苦水、自由，写蓝色而秘密的海；不用绞尽脑汁去和人们做无意义的人事争斗。

而那具床铺上方的神像，已不知所踪了。它肯定不是在他们谈笑的时候走丢的，而应在诡异的阴雨天里，随一个叫月芳的女孩，默默拖着拉杆箱走的。

走的时候，连挥手都没有。和后来的我一样。

（三）

“这儿，是被夜深宠着的摇篮么？”酒吧的开场乐总是很抒情，人们还没来这里的时候，他就会躺在不开灯的包厢里，听一首接一首的歌，痛苦且“享受”。

他置身在黑色的忧郁里，作息颠倒，没有知己，更捉不到远方那个心爱的人，让他纠结的女人，如同无法控制一只白色的蛹，渐渐变作蝶之后，便飞离而去。

他点上了一支烟，又猜测：她是否又喝醉了？她如何艰难地游刃在那些让人厌恶的油腻男人们之间，而保持着警惕的距离？他又摇头叹息：哦，不必过于担心了，此时她已变了。如同跟着自己而变，如同效仿……

他的眼里透露担忧与不安，更有自嘲。待在这个城市，他无能为力，虽然不舍，却还是试图扭转，让他怀疑的这段爱恋。他更要在这样的琴声里，细腻地品读一场场雨，犹如酒吧的外面，此时正在下着的……

那时候，她穿着白色的羽绒，坐在那儿用线穿着玻璃珠子。她的长发，她的脸，她的举手投足，像极了一个天使。而夜色下的月牙湖畔那几棵温柔的垂柳树下，有他们的相会，他们整晚都在走着，走呀走，世界静美得像一幅湿漉漉的画，世界也稀少得如同只剩两个人。

他们在狭小的吧台里面相互挤碰着肩胯跳舞，她歪扎着小辫子蹦跳，他笑着叫她“兔子”。圆形的舞台上，乐队的四个苍老的男人，这时会适时地唱着老调却浪漫的粤语歌。

她说喜欢他穿着金黄色的工作服、戴着咖啡色的牛仔帽，说如果再有一双靴子的话，就像极了西部酷帅的“小牛仔”了。

他在舞台上点烟火，把酒瓶舞得高高的，即使有讨厌和嫉妒的客人往他身上砸骰子，他也不会生气。他是一个擅长流浪的、外表潮流却本质老实的外乡人罢了。

他曾信心满满地告诉她，说他完全可以去做个驻场的歌手，黑色的吉他、漆亮的架子鼓，他虽然都不会，但可以唱，而之前就在北方的一个城市差点就成功了，只是当时是在大排档里唱的。

也不缺少真实的掌声和喝彩。他觉得离星辰只是那一步之遥。

当时，他身边少女如云，如今却要同一个陪酒女厮混，还要在众目睽睽之下紧张地跑进包厢，为烂醉的她擦拭身衣。红红的衣裙，异样的目光，晃眼到窒息的各色灯盏……可他只是顾着心疼她。背着她回去的路上，他才觉出外面的静，而自己狼狈的样子，像一种逃离，从那三教九流、乌烟瘴气的“墓穴”里。

可又能怎样呢?

“秦家桥”，是他不会忘记的一个地方，每次去她家都要经过它。他记得，她母亲在笑逐颜开后，总把她偷偷拉到一边说着什么，然后她开始反驳抑或争辩……而他则站在一旁，手足无措，把用职务之便“偷”出来的那些瓶装的洋酒从袋子里轻轻拿出来，再小心翼翼地摆到桌上。

黄浦江的水是黄浊的，宛如这夜。塔顶的尖细，对于一些人来言，也是一种排斥吧?黑黑的外墙很高，橱窗内的熊熊火苗在呼应人们摇摆着的身躯。

可让他不适的是：城市越大，越让他觉得自己渺小。冠冕堂皇的车流，蛇一般缠绕的高架桥，特别排外和吝啬的女房东，一切都让他无法定位。

他会走在显得古朴的老巷子里，试图读出上个世纪的旧风情，他乐于看到事物衰败之后的残留。他更像一匹枯瘦而疲惫的狼，守在凌晨时的另一个巷子口，等迟迟不见回家的她。他往那个方向望去，望去，直到酒醉的她蹒跚着晃步而来，他才舒缓一下全身绷着的神经。他几乎每天都这样重复。

“夜上海，夜上海”，他认为这股“绚丽”，就是由无数个这样的“他们”，透支了青春与年华，颠倒了昼夜而堆积出来的……

“后来，他们相依为命的晚上各自工作，白天一起逛街睡觉。”“后来，酒吧倒闭了，他们忽然又像一对被打散的棋子，分别去往不同的城市。”“后来，他打了电话过去，居然是一个陌生男人接的。（他们竟然双双完成了背叛）……”

在这个没开灯的包厢里，他没有再继续回忆下去。再继续的话，所有的美好必成为伤痛了，他不愿这样。从歌曲《记得》《我如此爱你》到《呼唤》《太早》……这一首首的歌词和曲调，居然非常诡异地“吻合”了这几年的故事!

可他放不下。她的可爱，她的娇小又古灵精怪，以及她的“报复”也必将出自对他的爱。不然，她不会对他说“下个月就回来了”。

他们仿佛都身在一个巨大的泥潭里。想方设法让自己拔出一点身来，却又不由自主地陷落下去。这种鬼魅般的瘾，外面嘀嗒无力的雨，是阻止不了的……

白蘑菇（组章）

安乔子｜女，本名冯美珍，生于1986年，广西北流人，有组诗发表在《诗刊》《星星》《扬子江》《草堂》《诗选刊》等。

鸟鸣

屋前那棵树，鸟鸣声在每天六点呈现，它们密密麻麻地说着话，那些话轻盈地在树间飞舞，占据这个寂静的早晨。它们相互扑打，亲昵的样子，让一棵树有了爱的味道，让早晨多了一种呈现方式。

每天清晨我都要寻找那些鸟鸣声，有时像一阵花开的声音，有时像一眼叮咚的泉水，有时像一场沙沙细雨，渗进我的房子，为我准备一场音乐会，我聆听它们像聆听我内心的独奏。我爱上了这鸟鸣声，一定是它们动用了我内心的音符，和我遥相呼应，只要那些鸟鸣出现，我体内那些耳朵纷纷长出来，像枯木长出了白蘑菇。

白蘑菇

一夜之间，这一朵白雪，不知是从哪里飘来的，拧在家门口，不走了。我看不到她的样子，她低着头，羞答答地喊我姐姐。雪白的身体有几处脏兮兮的黑，像胎记一样。她习惯南方的雨，她一定知道一九九〇年南方的秘密。

这个可爱的小乞丐，我认出了她，就是那个在雨林走失的妹妹，一下雨，我就听到她说回家。

暮晚

暮晚时分，鸟群就会回到窗前这棵树，它们的欢喜，也像我的欢喜，我们共同过着一种平静的生活。

一棵树在越来越近的中年，它的颤动仍然有节奏，爱都有迹可循。

每一年的枝头都不会因为落叶，而失忆，一种深情，一年比一年有默契。

暮色更深时，我分不清哪些是鸟，哪些是树叶，像一种事物，在另一种事物上获得欢喜。

而融为一体。

只看到它们不停地跳动着。

闪着微光……

风也不能轻易挪动我

你说你要去更宽广的远方，把我也挪走。而我不能，你不能挪走我，我有自己的野性，我身上故乡的毒，去哪里都治不好。

我哪里都不去，就在这温情脉脉的小镇，做南方亚热带雨林一朵深陷于自己的蘑菇。你不能挪动我。

风也不能轻易挪动我。

五月未央

五月，雨过天晴，我在大容山脚下的理发店剪去了旧时光，如棕色的落叶，掉在往日的地上。

我戴上一个帽子，行走山中，忽然间，我觉得我是和另一个人走，他的气息无处不在。

那年五月，我长发及腰，活在飞鸟时光里，我遇见红水河来的少年

那时，我的脸

如花瓣潮红

那时，我匍匐在花朵上，不知天上人间

花蕊里的客栈

收留了一个异乡人

五月未央，我们在桥上走失，他带走我心爱的蝴蝶。那时，我不知道是我变成了蝴蝶，还是蝴蝶变成了我，而内心有花田千亩。

“我多希望再见一面”。

在一棵古老的大榕树下，我许下了这个心愿。

小小的西岸坡

母亲活在小小的西岸坡，云雾里的故乡，小得就像寄居在天边的一朵云。

在这里，山恍若在更远的山，水在更深的水。树叶的眼里有一片海，蝴蝶的羽翼上有斑斓的故乡。

潮湿的青苔、蘑菇像空气般萦绕，荔枝林里寄居着成群的蕨类、地胆头、雷公根，它们像在一起过家家，玩

泥巴，捉迷藏，它们活在飞鸟的时光里。

一条小而偏执的河，有上游人家的耳语。

一条小而细长的山路，有女人从山里打柴归来。

两根草

我挽着你的臂弯，像天空挽着晚霞，轻轻地喊醒了夜。两棵摇曳的芦苇，在风中完成了婚礼，月色见证他们的甜蜜。

这个黄昏，那么美好，多么安静，你挽着我的臂弯，像绿叶挽着花朵，一朵温柔的云儿向天边的草木撒娇。

我要在天地间公布我们的隐私和暧昧，向飞鸟和虫蚁透露我们的渺小，在林荫小道倾诉我们的近况：我们现在是高山上爱着的、痛着的两根衰败的草。

当天黑下来了

当天黑下来，天空变成又潮湿，又温柔的嘴唇，嘴角还留着一缕温热。我用尽力气，忍住自己的痛。

当天黑下来，大地变得空荡荡，一无所有。我用尽力气，让光线退去更缓慢些，让伤疤忍住暗夜的刺激。

当天黑下来了，漫天的星星你是哪一颗，你是哪一颗，我就跟哪一颗回家。回家后，我像一粒油灯那样，忍住后半夜的漫长。

收拢

一天过去了，这是南国的夜，色彩、声音和温度，在慢慢收拢。奔走的人，此刻也慢下来，对于忙碌的一天，我准备一一拂去皮肤和骨骼的疲惫，收拢白天所有的心事，此刻可以安静。

我的眼睛收拢于远处，着眼于近景。那低矮的居所，可以触摸到空房子，没有被打扰的宁静，还硬朗的床、桌子和电灯泡，一张多年前存在的椅子，仍然要摆放在原地。

就让喧嚣和浮躁一一收拢，可以用一些水洗去膨胀的灰尘，可以让炽热的地板降下温度。用一个夜收拢疲惫的呼吸，可以一分一秒地收拢于昨天，可以毫无保留地收拢一个已经遗忘的人。

好像一个人在梦里鸣叫一声

一朵花在梦里被迫开口，说出那些老旧的事。这时我已经睡去，但我必须铭记有这样一个人，他就离我不远，他一直在叫我的名字。或者他是存在的，或者不存在，好像有一个不见音容笑貌的人，突然走入，在我的梦里鸣叫一声，突然又隐去。

在尘世中做一颗缓慢的露水

清早，经历漫长的孕育，夜的子宫，缓慢地献出了我，一个小小的我，爱我的人将我接住，在这尘世，我有了我的眷恋。

我缓慢地逗留在乡野，我要爱那些花木和乡草，爱它们赐予我的丰腴，一群白鹭飞过，被洗过一样，我有了我的晶莹。

最终，阳光把我吹散，当我必须要离开，我愿缓慢飞向那遥远的天，在风里缓慢变蓝，我有了我的归宿。

岛

一定还有这样一个地方，它的名字叫岛。岛上只容得下一个男的和一个女的。如果可以，祈求你赐予她一座这样的岛。如果有一天，她被流放，请带她去这个地方，请不要让她悲伤地失去爱情。如果有一天，她将要死去，请带她去这个地方，请让她重新在爱情里复活，只有那个地方永远不会将她遗忘，永远不会有男人出卖她，把她喂给鲸。如果有一天，她出生了，请带她去这个地方，即使她将要失去智慧、能力，以及青春，即使她将要变成一个愚蠢的女人，还有一片大海和一个男人和她共同生活。

母亲的腰痛

母亲从田间回来，脚跨过门槛时趔趄了一下，那把镰刀差点伤了她，母亲扶起身子笑了：没什么，只是被绊了一下。

晚上，她拿起那桶水到月亮的浴池，不小心把她的腰闪着了，她弓着的身体像那弯月牙。

母亲却只说：天黑，看不着路。

多年来，母亲总是这样，对于她的腰痛，总是避而不谈，仿佛她的痛不值得一提。

红水河

很多年前，我远走他乡，遇见红水河，爱上了红水河边的那个人。一年之后，我不得不告别红水河，回到圭江，我思念的红水河一天比一天丰满。

很多年后，红水河边的那个人把红水河抱回圭江，而他变成江面的海鸥。

在江口边，红水河水一日比一日浅，而我还是绕不过去，用尽一生我都无法留住红水河。

用尽一生我都无法变成一只海鸥，与他沿着江面齐飞。

古树

一棵古树悠然地坐在那里，看时光来来往往，她已经在人间活了八百年。

她对面的一个角落，一对老夫妻挨着坐在门口，像掉在他们面前的两片落叶，一片叶挨着另一片叶。

他们被游人观看、拍照，而旁若无人，他们眼里只有彼此。

没有别的。

果然当代诗歌与古典诗歌绝无相通，
或者两者真的井水不犯河水了吗？
答案显然不那么简单。

风声

The voice of wind

西　渡　诗人、诗歌批评家，清华大学中文系教授。1967年生于浙江省浦江县。1985年考入北京大学中文系并开始写诗，1990年代以后兼事诗歌批评。大学毕业后长期从事非文学编辑工作。2018年调入清华大学。著有诗集《雪景中的柏拉图》《草之家》《连心锁》《鸟语林》《风或芦苇之歌》（中法双语）《西渡诗选》《天使之箭》《钟表匠的记忆》，诗论集《守望与倾听》《灵魂的未来》《读诗记》，诗歌批评专著《壮烈风景——骆一禾论、骆一禾海子比较论》。

Subject Me Language

物·我·语言

——细读蒋浩《山中一夜》

西渡

自然是中国古典诗歌中最重要的题材和主题。中国最早的两部诗歌总集《诗经》《楚辞》，即多涉自然的因素；到六朝，山水诗从其他诗歌题材中独立出来，自然成为诗歌单独处理的对象；到唐人笔下，诗歌处理自然的手段便达到了圆熟的程度。在《诗经》中，自然作为人的活动的环境出现；在六朝，它成为一个特殊的审美对象得到关注和省思；到唐人手中，自然成了心灵的对应物。在最典型也最圆熟的王维的诗中，自然完美地映射着诗人的自我意识。《鹿柴》一首可作代表："空山不见人，但闻人语响。返景入深林，复照青苔上。"在这里，自我的意识以无我的方式出现，有通过空的方式呈现。当然，并非巧合的是，无（空）、无我也是中国哲学的核心命题。在王维的二十个字中，哲学和诗得到了最高程度的融合，这种结合使得这首诗成了中国心灵和中国精神的代表，引起了西方诗人、翻译家和批评家的广泛注意。"空山"某一程度上就成了中国精神的象征。德国汉学家顾彬研究中国国文人自然观的著作在德文中就题为"空山"。最近译为中文的《观看王维的十九种方式》（艾略特·温伯格）汇集了王维这首诗的将近三十种译本。这首诗从汉语到西语再返回汉语的过程，也可看作一种奇特的诗和语言的"返景"。

西方自然意识的发展要晚得多。顾彬的看法，"在西方，自然当作风景，就是说当作被单独注意、感受到的部分，在绘画中，直到十七世纪（荷兰），而在文学中，直到十八世纪才确定下来"。诺伯特·麦克伦布克认为，自然"被当作风景，当作整体的自然""自十八世纪起才出现于欧洲的抒情诗中"。这样作为的整体的自然在欧洲"纯然是市民阶层文化思想的产物。它源于城市的生活方式及由此而形成的对'自然'的渴望"。它是近代市民眼中的自然，表现着他们"对社会制约的反应而产生出来的内心世界"。[参见顾彬：《中国文人的自然观》引言，马树德译，上海人民出版社 1990 年版，第 1~2 页。]

这个近代市民的内心世界与其说与自然处于和谐的关系，毋宁说处于冲突的关系。也就是说，在欧洲文学中，自然是作为人的对立面出现的，与中国诗中的情形正好相反；近代欧洲的自然诗中处处充满了我的欲望和意识的投射，与中国诗中无我、空的情形也极为不同；最后，这个自然实际上并不自然，它是制造的、人工的，这种制造实际上是人的意识特别是工业文明的意识对自然的侵入，而中国诗中的自然却是自我呈现的，其前提是人的退出，人的"物化"（庄子语）。

蒋浩这首诗也处理自然的主题，而且它所处理的对象正是王维曾经处理的："空山"。带着上述中西方诗人处理自然主题的背景知识，我们再来读蒋浩这首诗，观察它处理自然题材的手段，我们也许会有一些有趣的发现：

风在狭长过道里徘徊，
像水桶碰触着井壁。

第一行出现了"风"。"风"是中国自然文学中一个非常关键的词，"风景""风物""风光""风日"这些在意义上与自然密切关联的词汇都以"风"打头。但是，蒋浩写的是"风在过道里徘徊"。"过道"属于建筑的一部分，是人工的产物。风受到了人工的建筑的制约，它只能在过道里"徘徊"。这首诗的标题是"山中一夜"，如果我们期望它像王维的诗那样写出一个无我的空山，一个纯粹的自然，那么，这第一行就使我们的愿望落空了。诗人接下来说，风在过道里徘徊的动作"像水桶碰触着井壁"。这里出现了第二个和第三个人工制物："水桶""井壁"。"水桶"是纯粹人工的造物，井壁则是人为了控制和驭使自然的构筑物，但自然对井壁也有某种持续的影响，使它不完全是人工的。"水桶碰触井壁"，有试探的意味，也有某种亲密的意味，还有疏离的意味。"碰壁"意味着被拒绝，无法深入。透过这两行诗，我们看到人工的造物已经全面渗透或侵入了自然。王维诗中那种自我表现、自我完全，空无、澄明而又充满生机的自然已经不存在。接下来是这样几行：

她说她来取我从海边带来的礼物：
装在拉杆箱里的一截波浪，
像焗过的假发。
她要把它戴上山顶，植进山脊，种满山坡。

在这几行诗里，"风"被称为"她"。这个人称的出现，改变了人和自然的关系，解除了前一行诗刚刚造成的那种疏离感，在“她”和“我”之间产生了一种默契和交流：“她来取我从海边带来的礼物”。下面两行是一个奇怪的比喻：“装在拉杆箱里的一截波浪，像焗过的假发。”风向我索取礼物，这个礼物是一截波浪。这不符合日常生活的逻辑，却符合语言的逻辑，当然它是诗的语言的逻辑。在汉语中，“风浪”是一个固定的搭配，它是一桩语言学的婚姻；“无风不起浪”，“风”没有“浪”定要感到孤单。所以，“风”向一个海边来的客人索要“浪”符合语言的逻辑。而且，山里的“风”因为常年与“浪”失散，对于与“浪”的结合也会有格外强烈的愿望。“像焗过的假发”：波浪和假发在一般意义上并无相似之处，但它们有一种纯形式的、平面几何意义上的相似性。这种相似性并非蒋浩第一次发现，但我们一般用波浪来比喻发型，我们把天然的或人工的卷发比喻成波浪。这是因为波浪是常见的，而卷发在日常中并不常见。但蒋浩把喻体和本体倒了过来——用不太常见的假发来比喻波浪。为什么是“焗过的”？因为假发被“焗过”，它和波浪在形状上更相似，还拥有了波浪的湿。波浪被装在拉杆箱里，按常情，不可能，办不到——除非装在塑料袋或其他容器里，但诗人并没这样说。它之所以成立，也是在诗的语言逻辑的前提下。这个逻辑是，波浪像假发，假发可以装在拉杆箱里，所以波浪也可以装在拉杆箱里。这在生活经验中，是理性的混乱，但在诗的经验中，是感觉的敞开。在这个比喻里，我们再次看到自然的人工化。接下来，我们看到另一个语言学的行动：“她要把它戴上山顶，植进山脊，种满山坡”。一个人要把“波浪”戴上山顶，植进山脊，种满山坡是荒唐的；“波浪”在上述任何一种方式中都不可能保全。但是，诗借助上述诗的语言学逻辑把不可能变成了可能。波浪像假发，所以它可以戴上山顶，也可以像植发、种发一样，“植进山脊”“种满山坡”。这些全都是诗学、文本学意义上的事件。无论是中国和西方的古典诗歌，自然诗处理的都是“物”和“我”的关系。但蒋浩在处理这一主题时却同时关注三个东西：物、我和语言。语言在这首诗里成为推动诗思发展的一个重要力量。我们接下来看下面的两行：

窗外一片漆黑，也有风
一遍遍数落着长不高的灌木。

这几行写窗外的风。与过道里徘徊的风相比，窗外的风更接近自然的状态；而且窗外一片漆黑，人工的痕迹即使有，也被遮盖了。但是这窗外的风也是属人的，她“一遍遍数落着长不高的灌木”。她和向我索要波浪的风看来确实是亲姐妹，只是她的年龄可能大一点，所以不会向客人索要礼物，但是——她数落“长不高的灌木”。“长不高的灌木”也是对山中环境的一种交代。显然，这不是一座降雨丰沛、植被茂盛的山，而是环境比较恶劣的，也许是北方荒凉的大山。这个交代既呼应了过道里的风向“我”索要波浪的情节，也预示了下文对山石的描写。从以上对风的描写中，我们可以看到诗人处理自然的方式与王维代表的中国古典诗人迥异。蒋浩笔下的自然不仅处处渗透人工，而且本身就是人工的制造，是诗人的造物。从这个角度说，它甚至是反自然的，接近于西方诗歌的处理方式。下面几行写到了山石：

偶尔落下的山石，
像水桶里溅出的水滴，
又被注射进乱石丛生的谷底。

这几行从风过渡到山石。这个过渡非常自然。山石落下，是风数落的结果。灌木的脸皮比较厚，对风的数落爱答不理，山石却羞愧得滚落了。这些山石一直落到谷底，呼应了前两行“长不大的灌木”的描写。如果植被丰茂，山石难以滚落，即便滚落，也到不了谷底。“像水桶里溅出的水滴”还呼应了第二行的“水桶”。这里我们再次看到语言学的逻辑所起的作用。在这首诗里，作为喻体出现的事物，在文本的推进中，很快转换成了具有繁衍功能的本体。“波浪 / 假发”被装进拉杆箱，被种到山里，“风 / 水桶”溅出了水滴，“水滴 / 山石”“被注射进乱石丛生的谷底”。说石头注射进谷底，几乎不成话；但是经过“像水桶里溅出的水滴”这个比喻的转换和搭接，落下的山石确乎可以像药滴一样被注射。这几行诗很生动地写出了深夜山中的安静气氛。这种安静是通过山石的动写出来的。显然，在一片漆黑中，“我”无法看到山石的滚落，而只能靠听觉去感知；而要听得到山石滚落的声音，需要极为安静的环境，也需要山石的滚落足够远，足够深。接下来，诗人的笔顺着滚落的山石伸到了谷底：

那里的昆虫舔着逼仄的星空，
怎样的风才能把浅斟低吟变成巍峨的道德律？

“那里的昆虫舔着逼仄的星空”，是很美妙，也很精确的一行诗。昆虫看到、感觉到的星空是逼仄的，因为它们处于乱石丛中，是缝中观天。下一行回到对风的描写。但这个风是未出场的，是“我”的愿望。“浅斟低吟”当然是昆虫的歌吟。“我”不满这些处于逼仄石缝中的小东西自我中心的“浅斟低吟”，而呼唤一种“巍峨的道德律”。“道德律”跟“星空”有关，是对康德金句的暗引：“有两样东西，人们对之凝思愈久，内心便愈生常新而日增的惊奇和敬畏：我头顶的星空和我心中的道德律。”“道德律”为什么是巍峨的？这个巍峨也是由语境所生：山把它的巍峨借给了道德律。在这首诗的语境中，“巍峨”决然是最贴切的选择，比“崇高”“庄严”“伟大”哪个都更贴切，因为它是从语境生成。“我”面对星空，对想象中的虫子们的浅斟低吟感到不屑，从而要求一种与星空、大山相称的巍峨的道德律。至此，我们应该看得出“我”已被滚落的山石所吸引，从室内来到了室外，而面对着星空。下面几行继续写山：

山更巍峨了，仿佛比白天多出一座，
相隔得如此之近，
窗像削壁上用额头碰出的一个个脚印。

这几行诗看起来不经意，实则笔力千钧，让人想起老杜的沉郁顿挫。“山更巍峨了”，“巍峨”回到了本尊。为什么夜间的山比白天更巍峨？因为星空。星空让夜间的山有了一个宇宙的深邃的背景：山向着星空的伸展仿佛把自己推向宇宙的深处。形容这种增长的巍峨，诗人只用了轻描淡写的一句，“仿佛比白天多出一座”，但一下子就把大山压顶——挟持着星空和整个宇宙——的那种气势、那种震撼感觉传达出来了，让我们如临其境。下面两行，“我”从星空收回了目光，回到“我”在山中的居所。“我”首先感到了山的挤压。“相隔得如此之近”，可见山中空间的逼仄，建筑和岩壁几乎紧挨着。“窗像削壁上用额头碰出的一个个脚印”：这个比喻有点怪，有点绕，但表达的效果很生动。“窗像削壁上……”意味着把建筑比喻成削壁，是对上一行“相隔得如此之近”的进一步说明。岩壁和墙壁既对峙又并立。从人的感觉讲，岩壁是对墙壁的挤压、对峙；从它们本身讲，则是亲密地并立。从整句讲，窗的喻体是脚印，“窗像……一个个脚印”。有灯光或没有灯光透出的窗，从山的视角讲，处于低处，所以它们是“一个个脚印”；但从建筑本身讲，窗却是在高处，处于额头的位置。这行诗结合了山和建筑两方面的视角，所以成就了这样奇特的一句：“窗像削壁上用额头

蒋浩，1971年农历3月初5日生于重庆潼南宝龙乡换沟村，后去成都、北京等地，间或从事书籍装帧招贴等平面设计。1996年编辑《知识分子》，2002年编辑《新诗》至今。著有随笔集《恐惧的断片》（百花文艺，2003）。

作者早期诗歌受西方文化影响较深。近年来致力于中国传统文化对诗歌的影响，风格逐渐趋于淳朴简练。在对传统文化的吸取过程中，作者更多的是用力于从《山海经》《拾遗记》《收神记》《乐府》以及近代民歌俗语这条更边缘更个人化的文脉的研究，所以其诗歌较少忧国家民族的经世致用的大雅之音，更多的是吟哦个我人生悲欢喜乐。作者刻苦用功，广读中国古典诗书，这在年青一代诗人中并不多见。

《观看王维的十九种方式》是2018年商务印书馆出版的图书，作者是艾略特·温伯格。艾略特·温伯格，美国诗人，散文家，译者，是诺贝尔奖墨西哥诗人帕斯的御用英文翻译，也是博尔赫斯经典英译本之一的译者。

沃尔夫冈·顾彬（Wolfgang Kubin），中文名顾彬，1945年生于德国下萨克森州策勒市。著名汉学家，翻译家，作家。波恩大学汉学系教授，德国翻译家协会及德国作家协会成员，中国海洋大学外国语学院德语系系主任。以中国古典文学、中国现当代文学和中国思想史为主要研究领域。

碰出的一个个脚印”。这种视角的重叠和交错，当然不是中国古典诗的趣味，也不是西方传统诗的趣味，而是现代性的趣味。这种趣味首先把诗看成一种制作，处处透露着制作的人工味，但也自有其美妙和惊人之处。面对这样的诗行，我们赞叹的不是自然的神功、伟大，而是人的心思的巧妙、曲折、幽微。下面是全诗最后两行：

墙上的裂纹，是波浪走过的路，
罅隙里长出了野蒺藜。

这两行从墙上的窗进一步关注到墙上的裂纹，诗思紧密衔接上一行。雨水剥蚀是造成建筑裂纹的主要原因，但诗人的说法远为曲折。他说：墙上的裂纹是波浪走过的路。这当然是刻意的，但也耐人寻思。这一行诗同时回顾了这首诗的开头：“风在狭长过道里徘徊，/像水桶碰触着井壁。”至此，我们明白了风为什么要在过道里徘徊，还要不断触碰墙壁：因为墙上有波浪走过的路。它是在墙上访问故人的遗迹呢。当然，我们也同时明白了过道的墙壁为什么仿佛井壁了。这一回顾让这首诗结构上非常圆满。实际上，这首诗的内部处处充满了这种词语、句子、细节之间的回顾、照应，作者构思的缜密，行文针脚的细密，都可由此见出。一般说，旧诗的一行像一扇屏风，几扇屏风并置而完成一个平行的诗意空间。新诗则像织物，处处相连，处处呼应，其最终构造的诗意空间则是立体的。接下来是最后一行：“罅隙里长出了野蒺藜”。墙上的裂纹中居然长出了野蒺藜，可见这山上的建筑有年头了，也缺少必要的照料。但这种少人照料的状况和荒凉的大山却正相得。通过这样的细节，诗人暗示了他所写的正是一座空山，然而却明显有别于王维的空山。王维的诗可以说是通过空写出了有，通过无人写出了人；蒋浩的方法正好相反，他是通过有去写空，通过人写出无人，写出荒寂。在王维的空山中，仍然是有光的，虽然是夕光，却终究予人温暖；蒋浩的空山中也有光——星光，给予人的感觉却是陡峭、冷峻，终篇之际，生出的是一种强烈的空无、荒寂之感。事实上，现代的自然终究是难以予人足够的安慰了——因为人已经预知这种安慰的虚妄。

相较于旧诗在处理自然对象时所用的一般方法，蒋浩的方法有两点不同。一是旧诗强调“忘我”，蒋浩却有意强调“我”的存在，而且处处把“自然”拟人化（这当然是“以我观物”）。风索取，风也数落，风浅斟低吟，风也道德律，这些都是典型的拟人修辞。诗在“我”与“风”的对话中展开。“风”向“我”索取的礼物是“装在拉杆箱里的一截波浪”。显然，这行诗里收纳了“我”的个人经验。这里的“我”不是一个无主体的、一意追求忘我的“我”，而是一个具体的、带着个人印记的、特殊的“这一个”——他是一个来自海边、拉着拉杆箱、刚刚抵达山中的客人。这个“我”不但不以忘我为意，还不断把自己的印记打在外界的物上。诗中的比喻成为“我”和“物”沟通的桥梁。这些比喻遵从了现代诗“从远取譬”的原则，而不同于古典诗歌的“相似”原则。对于旧诗与新诗在比喻趣味上的不同，奚密有一个说明：“传统诗学中的比喻，是两个本质上相同事物之间的联系，而现代汉诗中的隐喻凸显的是事物之间的不同、差距、张力。”“从远取譬”沟通了相距遥远的事物，是量子纠缠原理的诗学发明。无论是用“水桶触碰着井壁”比喻风在过道里徘徊，还是用“焗过的假发”比喻波浪，抑或用“额头碰出的一个个脚印”比喻窗户，用“波浪走过的路”比喻“墙上的裂纹”，都带着“我”个人生活的经验（一个在乡村成长、生活在都市的诗人物理的和心理的私人经验）。这种“物我交融”改变了古典诗歌“以物观物”的视觉呈现，从而使外界的物也具有了心理的深度。

二是语言作为另一种重要的力量参与了这首诗的生成。可以说，没有语言本身的参与，根本就不会有我们眼前这首诗。这种语言对诗的生成的参与在旧诗中极为罕见，即使偶尔有之，也不是自觉的。前文我们已经分析了几个显著的例子：波浪被“装在拉杆箱里”，风声称要把波浪“戴上山顶，植进山脊，种满山坡”；“偶尔落下的山石，/像水桶里溅出的水滴，/又被注射进乱石丛生的谷底”；“怎样的风才能把浅斟低吟变成巍峨的道德律？”如此生成的诗歌形象，明显不同于古典诗歌中主要指向外界物象的“意象”。诗歌批评家李心释建议用“语象”来专指此类依赖语言的自主生成能力所形成的诗歌形象，以别于传统的“意象”。这种区分指示了当代诗歌在写作方法论上的一个重要进展，同时也指示了当代诗歌与古典诗歌在审美意趣上的重要差别。如果说古典诗歌主要是一种基于空间想象、以物象为中心的瞬间截面，那么当代诗歌更近于一种以时间想象为经，以物、我、

这种视角的重叠和交错，当然不是中国古典诗的趣味，也不是西方传统诗的趣味，而是现代性的趣味。这种趣味首先把诗看成一种制作，处处透露着制作的人工味，但也自有其美妙和惊人之处。

语言为纬，所结构的一种严密的织物。

以上我们强调了这首诗与古典诗歌的区分。那么，果然当代诗歌与古典诗歌绝无相通，或者两者真的井水不犯河水了吗？答案显然不那么简单。就这首诗而言，如果诗人心中不曾装着一座古典诗歌中的“空山”——那座陶渊明、王维、孟浩然等历代诗人高手，以及司空图、严羽、王士祯、王国维等批评家共同营造的“空山”——就不会有属于蒋浩的这个神秘的“山中一夜”。这首诗虽然处处有我，但最终所达到的境界却正是古典诗人和诗歌批评家念兹在兹的“无我之境”。这是一首向伟大的自然致敬的诗，也是一首向伟大的汉语致敬的诗——而汉语中就有历代诗人的伟大创造——那么，它也是一首向伟大的古典诗歌致敬的诗。在这里，古典美学和现代美学最终获得了谅解，正如山间墙上的裂纹原来就是波浪走过的路，山原来也就是海，当代诗歌也就是古典诗歌——在某种最高的人文境界上。

2020 年 8 月

附：

山中一夜

蒋浩

风在狭长过道里徘徊，
像水桶碰触着井壁。
她说她来取我从海边带来的礼物：
装在拉杆箱里的一截波浪，
像焗过的假发。
她要把它戴上山顶，植进山脊，种满山坡。
窗外一片漆黑，也有风
一遍遍数落着长不高的灌木。
偶尔落下的山石，
像水桶里溅出的水滴，
又被注射进乱石丛生的谷底。
那里的昆虫舔着逼仄的星空，
怎样的风才能把浅斟低吟变成巍峨的道德律？
山更巍峨了，仿佛比白天多出一座，
相隔得如此之近，
窗像削壁上用额头碰出的一个个脚印。
墙上的裂纹，是波浪走过的路，
罅隙里长出了野蒺藜。

王子俊

唐　月

思不群

东　伦

量　山

李继宗

祝宝玉

阿　笑

高鹏飞

雨夜听荷

李　潇

盛　红

丁卫华

林　溪

风景

The view of wind

王子俊的诗

来世的事物

——致博尔赫斯

我们今天在河边喝茶时，无意中
提到了他，
一个阿根廷的幻想家。谈他
总会在细微之处，
稍不合自己的意，
就把爱、失去、死亡、离别，扔给了烈焰。

我说，很幸运，第一次读他时，
他还活着。
现在，他已死了许多年。他的 83 年版
上译的短篇小说集，
正躺在书房的某处。
是啊……时间，像安装了加速器，
火急火燎的。
小说集已经纸脆，泛黄，污渍般。

此刻……我们坐在榉木巨大的树冠下，
干净的风吹着。
他在我们心中住了下来，有些从容。

围绕

——致奥兹

关不住了，像雄鹿挣脱了
山岭。
下滑于江水的云和天上停住的云，
都来自远处的水。

……苍鹭斜出，
不外乎可比为一只巨大的游轮，在驶动。

一个多好的，微醺的梦，我们围住松树，
喝酒，打牌。
偶尔抬头望，
群树急忙拦住那些失去控制的
厚云团，
像突然间有了身孕。

奥兹……你真让人着迷，说风这个小东西，
才是人类锤不烂的永动机。

夜读扎加耶夫斯基

他开的是东方红牌手扶拖拉机，
拖着满满一车牛粪，
或者随便一车什么粪，
或者“一车皮手舞足蹈的乞怜的朝臣”[1]。
管它呢。
每次向上，冲斜坡
都要奔了命似的，左右摇晃，摆动。

从利沃夫到克拉科夫，
扎加说，如果抄小道，这该死的泥泞，
会让我紧张。
而每次抖动，失重，或怀抱的节奏错了，
那就是逼近一寸的凶险。

唐月的诗

月亮的下落 · 其一

月亮终于被盲眼人看见了

【1】“一车皮手舞足蹈的乞怜的朝臣”，出自李以亮译扎加耶夫斯基《俄国进入波兰》。

后来，他拿它做了灯
再后来，他吹灭它，拿它做了瓢
一瓢一瓢从缸里往井里舀水
直至瓢干涸了
枯叶一样坠入井中，扑通一声
半夜里，只有我——
一只耳背的蝈蝈听到了
那是一个诗人掉进诗中的声音

月亮的下落 · 其二

月亮跳井之后
天空没跟着跳井
井水也没随之沸腾
只有蛙鸣亮起来了
撑得井口大张
像一张饥饿的嘴巴
又似一轮饱腹的月亮
肚皮朝天，仰卧在大地上

月亮的下落 · 其四

当月饼瓜分掉的，后来
都当月牙还了回来
此刻，窗口挂着的是一个
完满的句号
它前面的病句已死亡
它后面的死亡还是个病句
我努力活着，就是为了
修改它
尽管我也是个病句

思不群的诗

后里之夜

我们坐到深夜
脑袋升到树上的灯

如果下雨
我们就打同一把伞

我们一起剥开
上一个秋天的石榴

低语声中
婀娜的宫女正穿墙而来

我们都太老了
坐等桂花落到头顶

在鹤园喝茶

鹤已经飞走
留下一地吵嚷的羽毛

聊天，打牌，倾诉或者浅睡
一日即是一生

一只白瓷盖碗盛住的云水
在此安顿下来
碧绿的灵魂渐趋柔软
在日影风声中载沉载浮

穹顶的盖子，盖住人世的汤汤水水
身后的湖面上，游船划动如白鹤

有笑声落水

从梦中醒来的人
揭开碗盖
张口吞下一串鹌鸣

在东山驿馆观太湖

那么多的否定句
芦苇用尽了四季也没能推翻

梦话起伏在波峰和波谷间
只能讲给知音和渔父

眼里有大水涌来，追赶奔跑的光亮
古老的黑洞步步后退

浩荡的隐士，吞下了自己
我在等鱼儿一样的女巫，走上岸来

东伦的诗

石桥

碍眼的巨石，给小溪添堵。
泥滩也是。父亲。

我们站在出水的达石上，
想象奔腾的马蹄。

“是的，不是这里。”
你不否认，矮灌木的小路，

像一把生锈的钥匙，
始终不能开启心衰的锁孔。

踩着泥石的坡道，
父亲和他满满一车的柴火，

一块翻入了山谷。
五十多年后，他说起此事。

轻松的样子，如流水，
蹚过石桥，离开了山林。

物象

来自一场雨；
来自瓦檐下一只淋湿的麻雀。
你们回到事物的中心。

落满灰尘的书架，
扎加耶夫斯基，在另一场雨里
和曼德尔斯塔姆相遇。

雨滴的世界，
略等于方言和鸣叫的双关语。
断裂的钥匙扣，给生活磨损的凹痕。

水珠摔碎于瓦楞铁，
沉闷的响声带着明亮的碎片，
落在街道的一顶顶铁骨伞上。

而此时，你站在窗口，
看着雨水靠近雨水的细流，
他们都有一个未知的小心脏。

走向

她从盘子里拿起一枚圣女果，

聆听微风抒写的夜幕。
你借来灰色的树冠和匆忙的车流，
昏黄的路灯，标记着一条国道。
暗喻是圣女果和灯笼的相互转换，
她吞下它，汁液未曾泄露
旧椅子短暂地在话题里闪烁。
绕了几个路口前，在土丘似的长寿山盘桓了一会。
我们一度以为它很高大，
而鹤鸣湖在中午的烈日下泛着白浪。
一只苍鹭，停在湖心的水面上
如晃动的逗点，没有丝毫的不安。
我们离开时，沿着青草和菖蒲的小径 。

量山的诗

草凳子

在高速路口附近，
我们为合欢和桃树停留。
一只斑鸠在收割后纵横交错的麦地张望：
田野里有很多这样的麦秸打成的草凳子，
仿佛置身内心空旷的剧场。
夕光架起电线，一直连到山的那头，
这一天终要结束。我们坐了一会，
所谓生活就是迎面走来的年迈妇人，
粗布汗衫里晃着缩水的乳房。
她们在谈论麦子和儿子。
只有艾蒿混在田间地头的草丛，
藏起它的香气，细细倾听。
同样的地点，轮胎坏了，
在同样的时间段
不是我们在重复光阴，是光阴在重复我们，
像灰喜鹊专注于枝头。

逻辑

树下的落叶被清扫过了，
早晨又落了一层，一只麻雀混在其中。

薄雾中它频频低头，像是
一曲歌罢，胜利的谢幕。

真的，夹竹桃的魅惑高于广玉兰。
许多鸟比麻雀更好听。

我坐在树下，
一只蚂蚁以为我是一截腐朽的木头。
爬上我的膝盖。我伸出手指，轻易就捏死了它。

对蚂蚁来说，这无疑是天大的事。
对于我们，每天都有这样的事情发生，
也不会引起一丝的骚动和不安。

木槿

院子里的木槿已被砍去多年，
淡淡的气息活在
一个人的体内。一九九〇年
从河南到山东，
大姐的心脏装了小小的起搏器。
站在北京的一棵木槿树前，
你摘下一朵花，
依靠空气里挥发的香气辨认：
另外一个喜欢吃花的女孩
唉，我也有过一棵木槿树。
算命先生说坏风水，砍掉了。

李继宗的诗

春深时

我记得落英，墙角，连翘，石楠的叶片
回头一望时感觉有点甜

我记得今年不如去年
天空也有短板

我记得墙倒房塌的那一晚
我跟谁赛跑

谁跟我较劲，我都
有过深深的一瞥，我都有过深深的一瞥

春之画

风一定对树叶有意，催开它，约等于让一棵树
向天空多走了几步，又多走了几步

溪水似乎是怅惘的，但同时又是清澈的
溪水从山里流出来了

溪水没有回头
慢吞吞地，一口气流向了自己的故地和故人

无尽之物和无尽之事繁复
天空对泥土的一次承诺
让人捉摸不透，那就不要去琢磨吧

那就不要去琢磨吧，阳光七长八短，阳光
最先照亮的那棵开花的树，现在，只剩下阴暗

炉边

开始打盹，瞌睡不瞌睡都是一副打盹的样子

壶嘴上一直冒着白色的蒸汽
水壶像一列火车，像已经独自去了远方

窗外飘雪，院子寂静

一把扫帚立在墙角
一树梅花欲开未开，欲开未开，也立在墙角

祝宝玉的诗

秋天的远方

当我坐在秋天的田埂上
草木就推迟了返青的时间

而一群芦苇头顶白雪
沿着我走过的足迹退回到空空的村庄

狱墙

我应该有这样的权限
自由出入这道狱墙
我应该有这样一把钥匙
打开枷锁，锁上枷锁
狱墙外应该站着这样一个狱卒
准备谋杀我，准备拯救我
还应该有这样一纸冤状
在登闻鼓院和大理寺直接来回批送

我需要一些病句

我需要一些病句
来描述我现在的生活
我愿跟着笔尖的灯火踏入歧义之途
抵达纸面的迷局

长短

秋天，短歌行
冬天，长歌行
同样的一条路，清晨去朝觐
黄昏去掘断

长的影子，斜的月亮
潮湿的酒宴，呼吸让人懑闷

西风拉长短笛的悲调

阿笑的诗

面对空旷

前几天下过的雨雪
没有给景观湖留下任何痕迹
三月的倒春寒里，山茶开了出来
枝头挂着一半，地上谢着一半
我没有来得及看到花儿含苞欲放
只有莴苣叶被洗得碧绿，它们紧挨着
身披微光的样子
让夜穹显得愈加高远

院子无围栏，可以出神
面对空旷，星点极小，星空极大
野草们仿佛连轮廓都消失了
而时空的另一种形式
是前年入黔，我一个人
面对群山
也是这种渺小的感觉

落在夜里的雪

降临是多么难的一件事：
一片雪，要低于人间的温度
才能落下来

得有一点点，哪怕是微弱的
光，一场雪才算真正存在

本该年前落的雪，隐忍到今日
还是那么小，那么单薄

随风飘随雨落，只有雪在感受着雪
落在夜里的雪，没有多少人看得见

雪化时不发声音，离开
是多么轻的一件事

一棵树的迁居史

一棵树不知道年轮、铁器、天然的国度
一棵树不知道裂地、迁徙、根须带着故土
一棵树不知道跋山涉水，自越地奔吴
继续以固有的方式，惯性生长
一棵树不知道格格不入，扎在异乡
屏声敛息，像独自打谱的人
一枝一叶完成自己的局
一棵去年春天移栽的金桂树，经过了
整个冬季的委顿，在这个初夏

全部换上了崭新的叶子
一棵树，仿佛要满目青郁才是它
必须要有的模样
一棵树，终于成为很多人心目中那棵树

高鹏飞的诗

人生如寄

晚秋引来暮雨应是良辰
得其美意者得天下
两句在握，足以醉酒
扶不起的眼波，隐不去的归舟
通通不劳烦重山抖擞

候鸟，落叶，援手的假想敌
取出千里之外的小城
还能释怀些什么
或者金风玉露
尽可纵横哭与笑
似相见和怀念
站在霜降处互为壮行

海子纪念馆

拆解。一个诗人正点亮其他的事物
—— 投资成型的文化公园
这都不算什么，形态不一的碑
还燃烧着他传奇的跨越
歌声被装裱
被慕名的脚步流连
多出的仰望和沉思也是
雨水路过
五月的麦地和劳碌的命
在痛快地爱

梅花落

不想在风中战栗
就落到我手心
总有一朵要与我赴约
是你就好
穿旗袍的女子
遇见我，你就走不出
着急回家的样子
听天由命
这人世管用的小主意
寒吗
一场雪隐瞒了答案

雨夜听荷的诗

入秋记

在盛夏里被我们
抚摸过的事物
逐渐长出微凉的外壳

但果子们不管不顾
一旦胸怀被打开，便疯了
该酸的酸，该甜的甜

最后一束光线
也将抽身而去时
鸟儿们安静下来

风摇动墙角那棵凤尾竹
她紧紧抱住自己的影子
像一个和故乡走散的人

突然抱紧了自己

落叶

起风了
梅河边，我们曾经爱慕过的那棵树下
堆满了红色的落叶，她们走来走去
像急于归家的人，却忘记了门牌号码

现在，枝头上只剩下最后一片
在祝贺你乔迁之喜的路上
210 路公交车吃错了药，急急吼吼
那唯一的一片，还是一下子
扑向了我

风把她卷起来，又把她放下
我听到了她的喘息
她细小的手臂死死地抓住枝条，迟迟不肯落下
那越来越黯淡的红，多像一把钥匙
找不到属于自己的锁孔时
无法遏止的悲伤

小惊吓

有时会有些小惊吓
比如有急事出门，走在半路时
才想起钥匙还在锁眼里插着
比如骑车去上班，走马路右侧
一个流浪汉，倏地从左侧窜过来
比如我散发长裙，在河边拍一条路过的载沙船时
几个赤膊的年轻汉子，猛然齐齐地呐喊起来

时光轻慢，竟然以些许的婉转
化解了，这未解之谜

而人间依旧踉跄
比如一个人走夜路时
一只鸟突然在树上，模仿外婆的声音叫了一声
外婆已逝去多年。我慌了一下，不知道先迈左脚
还是右脚

李潇的诗

对话

在半空中的钢丝上行走
或者在午间的冰面上行走
都已走到了半中央

除了返回或继续向前
他们也许还有第三种选择
不能说，这毫无意义

当事人竭力证明自己很清醒
旁观者习惯性予以反驳
“要对话”的喊声先于我抵达现场

有人在楼顶上眺望
地上一群人仰头看楼顶的人
我在不远处看着这一切

缓慢书

我开始养成注视草木的习惯
经过长时间注视和观察
我发现院子里植物们身上
都写着缓与慢两个字

仔细端详植物这本缓慢书
还能看到诸如“慢工出细活”
这一类极具年代感的句子

我并没有为自己的发现而兴奋

从此，慢下语速，放缓脚步
我终于听见了植物拔节的声音
昨天下午，我尊敬的一位寿星走了
那是岁月从他身体里慢慢飘远了

缓慢书写了整个大自然
也书写了世上的众生和百态
大自然与众生百态就是一本
厚厚的缓慢书，时间在上面泛光

斑鸠

最近的斑鸠在几个诗人作品中
飞成意象。我开始关注斑鸠

原以为与老家的斑雀是两种鸟
其实是同一类，只是叫法不同

儿时的那些早已飞远了
记忆中的模样也难以辨识

在写斑鸠时想起它的乳名
那么，斑雀是否还记得我

如果想起我，会怎么称呼我
我在它的语系中属于哪个词条

斑雀从记忆中闪过，每闪一次
脸上、心上就各长一个斑点

盛红的诗

一杯水

倒了一杯水
热气向上升腾
它挣脱了杯子的束缚
摇曳着
——宽广与自由

过会儿，它
隐入杯子，像玩久了一种游戏
像，原本站立舌尖的话
又吞回腹中

空墙

回望一生中满是窟窿的身体
像一个孤寡老人
在没有爱的空旷里
空旷着

有种子落下，一棵树长出
期盼已久的肉身
墙从未料到，会以这样的方式
又活了过来

空气

（一）
我呼吸着空气，可我看不见它
我猜想：
鱼儿也和我一样

它们吐出水泡，向我描述了很多
——我的未知

（二）
我呼吸着，却什么都没发现
我也从来没有
弄明白：空气
是不是空的
我，是不是我的

如果，过于寻找空
我会不会失去我

丁卫华的诗

小暑

暴雨如注，一场接一场
这濒临的蒸腾，欲盖弥彰
有多少爱举步维艰
高架、厂区、街道
紧急按下休止符
静等呼吸穿过玻璃的立面
模糊的面孔
在雨刮器的移动中反复切换
如同你的一亩三分地
刚经历煎烤与龟裂
又被浸泡在无尽的雨水中

许愿池

一池涟漪初醒
向远处散开
或许与两尾鱼有关
更准确说，与藤椅上
投食的老者有关
无从见证，昨夜的雨声
有多么激越
潭水又幽深了一些
这多出来的水立方，仿佛可以
装下，更多水纹一样
虎头蛇尾的愿望

瀑布群

群峰环抱
峰与峰之间的缺口处
每一道瀑布
就像每一个勇士
从一千多米的断崖处
跳将下来
耳际传来疼痛的尖叫
还有咆哮的呐喊
松花江出生了

林溪的诗

相爱帖

心爱的杯子
一个接一个地被打碎
这令她感到不安

初夏的柳绵
雪一样下个不停
摇晃的鸦巢被白雪覆盖

多么悲伤的事情
就像她一个人坐在月光里
壶中的茶水慢慢变凉

乌鸦不时扇动翅膀
那摇晃的居所随时可能会
掉下来

而在荒芜的花园深处
她仍坐在月光里
等他归来等落花归于尘埃

虚弱帖

一想到时已入冬
就会有一阵阵悲伤和寒冷袭来
时光被浪费
连细小的温暖，也已经没有了着落

夜幕四合，候鸟南飞
这难道是我一个人的寒冷和悲伤
复杂、易哭的眼睛，藏不住
我的尘埃、慵懒、枷锁，以及疼痛

如果能放下所有
这条路，我愿意用一生只走它一次
用一颗纯净的心
在年轻时爱她，在年老时陪伴她

时间慢慢把我们变老，亦会还原真相
若干年后，灵魂归于平静
松开紧紧握住的拳头
给生重病的人间一个干净的拥抱

结石帖

肾里长了结石
它常常毫无预兆地刺痛我
在露珠澄明的清晨
在金色的午后
在我辗转难眠的深夜

它尖锐的棱角
顺着我身体内的羊肠小道
一路向下且走且停
直到温暖随着鲜红的液体
迅速从身体里流出来

晚餐后的慵懒
突然让我倍感羞耻
堵塞的河流分开在夜的两边
风凉如孤单
风吹起遍地翻滚的石头

你看我倦怠的眼神
早已历尽私刑
那冰冷的粗糙的扭曲的异物
如一把锈迹斑斑的镰刀
将我一点一点收割